Chères lectrices,

Le premier baiser… Petites filles déjà, nous nous demandions, un peu inquiètes, quand ce grand événement se produirait pour nous. Adolescentes, nous l'espérions dans le secret de notre chambre, en écoutant de la musique ou en feuilletant des romans. Et lorsque nous avons été amoureuses, nous l'avons attendu le cœur battant, en imaginant des milliers de scénarios possibles dans lesquels l'être aimé faisait le premier pas… Ces rêves, et cette délicieuse attente, sont tellement emplis d'émotions qu'ils font, eux aussi, partie de nos plus merveilleux souvenirs ; ils sont devenus indissociables des moments bouleversants que nous avons vécus… quand enfin il s'est décidé à nous enlacer !

C'est ce que va vivre Pippa, l'héroïne de *Coup de foudre pour un séducteur* (Azur n° 2614) dans les bras du ténébreux et séduisant Andreo d'Alessio, l'homme dont elle est tombée amoureuse dès le premier regard. Près de lui, elle n'attend plus qu'une chose : qu'il la prenne dans ses bras et qu'il l'embrasse avec passion…

Excellente lect~~ure~~

collection

Une offre scandaleuse

JULIA JAMES

Une offre scandaleuse

COLLECTION AZUR

*éditions*Harlequin

Cet ouvrage a été publié en langue anglaise
sous le titre :
THE GREEK TYCOON'S MISTRESS

Traduction française de
SOPHIE DUBAIL

HARLEQUIN®

est une marque déposée du Groupe Harlequin
et Azur ® est une marque déposée d'Harlequin S.A.

Toute représentation ou reproduction, par quelque procédé que ce soit, constituerait une contrefaçon sanctionnée par les articles 425 et suivants du Code pénal.
© 2003, Julia James. © 2006, Traduction française : Harlequin S.A.
83-85, boulevard Vincent-Auriol, 75013 PARIS — Tél. : 01 42 16 63 63
Service Lectrices — Tél. : 01 45 82 47 47
ISBN 2-280-20512-2 — ISSN 0993-4448

1.

Immobile au sommet du majestueux escalier d'honneur, tel un aigle du haut de son aire, Theo Atrides plissa les yeux. Méthodiquement, il scruta le vaste salon de réception de l'hôtel où se pressait une foule d'hommes en habit et de femmes en robe du soir, parées de bijoux qui scintillaient de mille feux sous l'éclat des lustres.

Soudain, il se figea.

Ils étaient là ! Tous les deux.

Alors qu'il concentrait toute son attention sur la femme, sa mâchoire se crispa.

Elle était vêtue pour séduire. Cela ne faisait aucun doute. En expert, il la détailla avec minutie. Taille moyenne, silhouette svelte et féminine… et des attraits exposés à la vue de tous. Sa chevelure blonde tombait en cascade sur son dos nu. Sa peau, d'un blanc laiteux comme une opale, tranchait sur la petite robe noire très courte au décolleté si profond que seule la pointe délicate de ses seins au galbe parfait était cachée par le satin. Ses fesses et ses hanches étaient étroitement moulées par le tissu. Ses jambes, chaussées d'audacieux talons aiguilles en satin noir, étaient gainées de bas.

Un corps de rêve. Légèrement couvert et qu'on brûlerait de dévêtir.

Dans un éclat de rire, elle rejeta la tête en arrière, révélant la courbe délicate de sa gorge, faisant virevolter sa merveilleuse chevelure dans son dos nu et briller les boucles qu'elle portait aux oreilles.

Il n'avait même pas encore vu son visage. Et pourtant un élan de désir montait déjà dans ses reins. Mais bientôt, il se mua en une vague violente, non plus de convoitise, mais de colère. Les femmes comme elle étaient sources de problèmes. Il était bien placé pour le savoir…

Lentement, il alla à leur rencontre.

Leandra ne s'était jamais sentie plus nue de toute sa vie. A chaque inspiration, elle redoutait que ses seins ne jaillissent de son décolleté, et à chaque pas, que le tissu étriqué de sa jupe ne remonte sur ses fesses. Quel accoutrement ! Chris avait manifestement perdu la raison.

Celui-ci s'était pourtant montré inflexible : elle devait paraître aussi sexy que possible ou bien leur supercherie aurait perdu tout son sens.

Supercherie ou pas, elle détestait s'exhiber dans cette tenue des plus vulgaires.

Posément, elle prit une inspiration rapide mais profonde — comme elle faisait sur scène pour maîtriser son trac. Car il ne s'agissait de rien de plus, réfléchit-elle. Une représentation théâtrale. Même s'il n'était guère dans ses habitudes de se donner en spectacle pour un gala de charité huppé, organisé dans l'un des hôtels les plus luxueux de Londres !

Elle était davantage familière des cafés-théâtres et autres cabarets, lot habituel de toute comédienne à la carrière balbutiante. Aujourd'hui pourtant, par l'entremise de Chris, elle tenait le premier rôle au bras d'un séduisant milliardaire grec... et elle avait les nerfs en pelote.

Demos Atrides, qui dirigeait la branche britannique de l'empire financier du même nom, se tourna vers elle et lui adressa un clin d'œil rassurant. Elle lui sourit en retour... comme le scénario l'exigeait.

Leur petite comédie serait-elle convaincante ? Leandra sentit sa gorge se serrer. Elle ne devait surtout pas faillir. Après tout, n'était-ce pas elle, l'actrice professionnelle ?

Demos lui effleura le bras et elle tressaillit.

— Il est là, souffla-t-il de sa voix douce et mélodieuse, à l'accent grec marqué.

La tension marquait les traits de son visage.

Leandra retint son souffle.

Alors qu'il s'approchait d'eux, Theo Atrides sentit son humeur s'assombrir. Il ne voulait pas venir, mais Milo, son grand-père, avait insisté. Patriarche du clan Atrides, il était habitué à obtenir tout ce qu'il voulait. C'était la raison pour laquelle il avait tant de mal à admettre que le plus jeune de ses petits-fils ne lui obéît pas au doigt et à l'œil.

Créer des problèmes n'était pourtant pas dans les habitudes de Demos. Il avait toujours fait tout ce que Theo exigeait de lui, par exemple en dirigeant le bureau de Londres avec efficacité et compétence. Et en ce qui concernait ses liaisons sentimentales, il était toujours très discret. Theo lui-même ignorait absolument tout à ce sujet.

Alors, pourquoi tant d'histoires à propos de cette femme ?

La bouche de Theo se serra. La femme en question était blonde, pulpeuse et *très* glamour. Dans ces conditions, pas étonnant que son jeune cousin refuse d'épouser Sofia Allessandros, la fiancée que Milo lui avait choisie ! Quel homme renoncerait à pareille maîtresse ?

Demos Atrides sentit une main lourde se poser sur son épaule, un instant, qui lui sembla peser sur lui de tout le poids la fatalité. Vivement, il se ressaisit.

— Theo ! lança-t-il avec une expression de gaieté forcée. Quel plaisir de te revoir ! Ma secrétaire m'a dit que tu avais téléphoné depuis ton jet pour savoir où je serais ce soir.

Il jeta un coup d'œil par-dessus l'épaule de son cousin.

— Où est Milo ?

— Il se repose, rétorqua brutalement Theo. Le voyage l'a harassé. Tu n'aurais pas dû l'obliger à se déplacer.

Son ton était désapprobateur et Demos rougit légèrement.

— Il était inutile qu'il vienne, protesta-t-il faiblement.

— Vraiment ?

A dessein, Theo porta son regard sur la femme accrochée au bras de son cousin. Alors que ses yeux découvraient son visage pour la première fois, il ressentit comme une décharge électrique.

Une fraction de seconde, il senti son esprit se troubler. Jusqu'à présent, il avait présumé qu'un corps si effrontément exposé aux regards s'accompagnerait d'un regard cupide et sans âme.

C'était tout le contraire. Des yeux intelligents, couleur d'ambre, se levèrent vers lui et le surprirent par leur beauté, malgré la couche épaisse d'ombre à paupières et de mascara. Soudain, Theo vit jaillir dans ces envoûtantes prunelles une étincelle, qui disparut avant qu'il ait pu l'analyser. Il poursuivit l'examen du visage de la jeune femme. S'il était beaucoup trop maquillé à son goût, l'excès de fard ne parvenait cependant pas à dissimuler les pommettes haut perchées et l'arête fine et droite de son nez. Le rouge à lèvres écarlate ne camouflait pas non plus la fermeté et la sensualité de ses lèvres.

Un instant, très bref, quelque chose vibra en lui. Quelque chose qui n'avait rien à voir avec sa réaction physique masculine si compréhensible face aux charmes de la femme qui lui faisait face. Quelque chose qui le dérangea, l'émut même…

Résolument, il changea le cours de ses pensées. Son opinion sur la maîtresse de Demos n'avait pas la moindre importance. Il devait ramener son cousin à Athènes, vers sa fiancée. Rien d'autre ne comptait.

C'était ce que tous voulaient — Milo en particulier, qui désespérait de voir assurée la prochaine génération de la famille Atrides. Theo savait qu'il ne s'était remis de la tragédie qui avait frappé les siens, huit ans plus tôt, lorsque ses deux fils et leurs épouses avaient trouvé la mort dans le crash de leur jet. Theo avait à peine eu le temps de porter le deuil. Alors âgé de vingt-quatre ans, il avait repris seul les rênes de l'empire, à la place de Milo qui, écrasé de douleur, avait été victime d'une crise cardiaque en apprenant la terrible nouvelle.

Les entreprises rivales, voyant vaciller le clan Atrides, avaient cru pouvoir mettre celui-ci à terre. Theo s'était défendu bec et ongles, s'endurcissant rapidement en menant la bataille. Aujourd'hui, à trente-deux ans, il dirigeait l'empire familial, plus puissant et plus prospère que jamais. Personne n'osait plus désormais défier son impitoyable directeur.

Désormais, seul manquait un héritier à qui transmettre ce patrimoine, Milo avait raison. Mais ce ne serait pas lui, Theo, qui en serait le père. Le mariage n'était pas fait pour lui et ne le serait jamais.

Si quelqu'un devait donner à Milo les arrière-petits-fils qu'il désirait tant, ce devait être Demos… et Sofia Allessandros.

Quant à la jolie créature pendue à son bras, eh bien, elle n'aurait qu'à chercher un autre amant fortuné !

Il la scruta du regard une fois encore. Accoutrée comme elle l'était, nul doute qu'elle y arriverait rapidement…

Leandra fixait l'homme qui la déshabillait littéralement de ses yeux noirs. Elle ne pouvait détourner le regard. Il était irrésistible ! Absolument irrésistible ! Demos lui avait beaucoup parlé de son terrible cousin Theo, mais il avait omis de préciser qu'il n'était pas *seulement* un homme d'affaires tenace et sans pitié…

Elle se sentait soudain sans défense. Sa stature imposante, le parfum subtil et viril de son après-rasage : tout la troublait. Les photographies qu'elle avait vues de lui avant ce soir — des clichés de famille dans l'appartement de Demos et des doubles-pages dans les magazines people —, bien que capturant sa beauté singulière, ne l'avaient pas préparée à rencontrer le vrai Theo Atrides. Ni à maîtriser l'effet qu'il produisait sur elle.

Inconsciemment, elle avait supposé que parce qu'elle était insensible au charme de Demos, elle serait immunisée contre celui de son cousin. Quelle erreur ! Theo Atrides était beaucoup plus imposant. Ses yeux perçants étaient plus sombres que ceux de son jeune cousin et beaucoup, beaucoup plus pénétrants. Son nez dessinait une ligne oblique, ses pommettes étaient hautes et fermes et sa mâchoire semblait avoir été taillée à la serpe. Sa bouche large et puissante, remarqua Leandra, était un million de fois plus sexy que celle de Demos…

A vrai dire, chaque atome de Theo Atrides était un million de fois plus sexy, non seulement que ceux de son cousin, mais de tous les hommes qu'elle avait jamais rencontrés. Et un million de fois plus dangereux aussi.

Dans un mouvement instinctif de protection, Leandra baissa les yeux, espérant ainsi qu'il cesserait de la fixer.

Sauf… *qu'il ne la quittait pas des yeux*. Theo Atrides l'examinait très, *très* attentivement, comme s'il voulait l'évaluer.

Leandra sentit ses jambes flageoler sous elle. Son souffle s'était bloqué dans sa gorge et elle ne parvenait plus à respirer. Son cœur, lui sembla-t-il, avait ralenti jusqu'à cesser de battre. Et puis, à l'instant où elle commençait à fondre complètement sous son regard, elle comprit que le mépris envahissait ses yeux.

Alors, elle adopta l'attitude que son ami attendait d'elle.

— Demos ? susurra-t-elle en se serrant un peu plus contre lui. Tu ne me présentes pas ?

Sa voix légèrement rauque n'était pas entièrement contrefaite. A vrai dire, il lui semblait que son corps ne lui obéissait plus. Il réagissait à la présence de Theo Atrides comme elle n'aurait jamais cru cela possible. C'était une sensation à la fois terrifiante et excitante !

Demos ouvrit la bouche mais son cousin le devança.

— Theo Atrides, murmura-t-il.

Sa voix avait une tonalité profonde, rendue infiniment sensuelle par son accent grec.

Il se tourna vers Demos.

— Et c'est… ?

La façon dont il s'adressa à son cousin exaspéra Leandra. « Ne me croit-il pas capable de répondre moi-même ? » songea-t-elle, indignée.

— Je te présente Leandra, répondit Demos, presque avec réticence.

— Leandra Ross, compléta-t-elle d'un ton légèrement cassant.

— Leandra, répéta Theo Atrides.

Il marqua une pause des plus infimes.

— Vous êtes ravissante. Absolument ravissante.

Ses yeux noirs la détaillèrent une fois encore. Et elle eut l'impression qu'ils transperçaient le tissu de sa robe.

Puis, il prit sa main.

Sa caresse fut aussi électrique que son regard. Avec honte, Leandra réalisa qu'elle tremblait au contact de sa main grande et douce. Chaude et forte. Très puissante aussi. La sienne semblait pâle et fragile à côté.

Lentement, Theo porta la main de la jeune femme à ses lèvres. Mais au lieu de l'effleurer avec courtoisie, comme elle s'y attendait, il retourna sa main pour exposer sa paume et pencha la tête.

Alors que ses lèvres se posaient sur sa peau, elle les sentit s'entrouvrir légèrement. Il l'embrassa, doucement et sensuellement. Un délicieux tourbillon de sensations se répandit en elle, une onde de chaleur se déversa dans ses veines. Et puis tout à coup, abasourdie, elle sentit le bout de sa langue sur sa paume.

Choquée et parcourue d'un frisson d'exaltation, elle sentit ses poumons se vider. Elle était incapable de bouger, même quand il mit fin à sa caresse bouleversante.

Il lui décocha un sourire ravageur et entendu, dangereux et follement séduisant.

Imperceptiblement, elle se sentit presque avancer vers lui, tant elle avait envie de se serrer contre son corps musclé et mince et de se donner à lui de façon absolue. Il était comme un puissant aimant qui l'attirait irrésistiblement.

Mais elle devait résister. Il le fallait ! Elle était là pour jouer le rôle de la maîtresse de Demos, rien de plus. Elle s'obligea à se détendre et, au prix d'un effort immense, chancelant encore sous l'assaut sensuel et insolent de Theo Atrides, elle parvint à se reprendre.

« Seigneur ! » pensa Theo. Elle s'était littéralement

enflammée à son contact ! Que se passerait-il s'il la mettait dans son lit ?

La vision soudaine et irrésistible de la jeune femme couchée sous lui, nue et abandonnée, s'offrant avec des petits gémissements de plaisir, envahit son esprit. Il la repoussa brutalement. Ce n'était pas le moment de fantasmer sur celle qui menaçait la stabilité et l'avenir de sa famille ! Sa réaction à sa provocation sensuelle prouvait que, quels que fussent ses sentiments envers Demos, ils ne l'empêcheraient pas de désirer n'importe quel autre homme. Ce n'était manifestement pas la moralité qui l'étouffait !

Il se retourna vers son cousin.

A peine détourna-t-il son attention que Leandra se demanda pourquoi elle se sentait si désemparée. N'aurait-elle pas dû être soulagée au contraire ?

En proie à la confusion, elle essaya de se concentrer sur ce que Theo disait à son cousin.

— Voilà donc l'excuse qui te retient à Londres ! lança Theo de sa voix profonde où perçait une pointe d'amusement. Je ne peux pas dire que je sois surpris, à présent que j'ai rencontré cette délicieuse créature…

Ses yeux appréciateurs se posèrent une fois encore sur Leandra. Celle-ci sentit son estomac se nouer et la colère monter en elle.

— Cependant, reprit-il en levant la main dans un geste péremptoire, toutes les bonnes choses ont une fin, Demos. Sofia t'attend. Il est temps de rentrer au bercail.

Leandra sentit Demos se crisper.

— Je ne suis pas prêt, répondit-il avec brusquerie.

Sa voix habituellement douce était tendue.

— Eh bien, *prépare-toi*, rétorqua Theo, impitoyablement. Passant le bras autour de l'épaule de son cousin, il le força à s'éloigner légèrement de Leandra, comme si elle était une intruse dans leur conversation.

— Milo s'éteint doucement, Demos. Ce n'est qu'une question de temps. Ses médecins le savent et lui aussi. Il est âgé, il a beaucoup enduré tout au long de sa vie. Ne lui fais pas ça. Rentre à la maison et fiance-toi avec Sofia. C'est tout ce qu'il demande. Bon sang ! Il sait que sa vie ne tient qu'à un fil ! Il a besoin qu'un arrière-petit-fils naisse bientôt… Il a besoin d'un héritier.

Il parlait précipitamment et à voix basse.

Avec raideur, Demos rétorqua :

— Milo a deux petits-fils, Theo. Tu n'as qu'à te dévouer !

La mâchoire de Theo se contracta.

— Le mariage n'est pas fait pour moi, cher cousin.

Une étrange lueur s'anima dans le regard de Demos.

— Et s'il n'était pas fait pour moi non plus ?

Quelque chose dans la voix de son cousin surprit Theo, qui le scruta, les yeux plissés.

— Que veux-tu dire ?

Un long moment, Demos se contenta de le regarder, comme s'il allait parler. Puis, du revers de la main, il repoussa celle que Theo avait posée sur son épaule.

— Je veux dire que je ne suis pas prêt à épouser qui que ce soit et surtout pas Sofia Allessandros ! Débrouille-toi pour que Milo comprenne ça.

La colère s'empara de Theo. Une colère contre Milo, qui continuait de vouloir manipuler la vie des autres au moment où la sienne allait le quitter, et contre Demos, qui insistait pour vivre sa vie, alors qu'il avait des responsabilités à assumer !

Mais elle était par-dessus tout dirigée vers la fille plaquée contre son cousin, la responsable de toute cette agitation.

Il en avait assez ! Il n'avait pas voulu venir, mais à présent qu'il était là, il voulait en finir. S'éloigner, prendre ses distances avec les exigences incessantes de sa famille et de l'entreprise. Se retirer quelque part où il pourrait s'enivrer du bleu de la mer Egée, écouter le chant des cigales, humer les parfums entêtants du maquis, sentir sur sa peau le zéphyr venu du sud.

Et tenir une femme douce et docile dans ses bras…

Comme celle qui ne quittait pas le bras de Demos…

Il s'éclaircit la gorge, repoussant cette vision dangereusement tentante.

— Ça suffit !

Sa main fendit l'air dans un mouvement bref et brusque.

— Milo t'attend demain, à 9 heures, Demos. Nous sommes dans la suite du dernier étage de cet hôtel. Sois à l'heure.

D'un air lugubre, il mesura son cousin du regard.

— Et dors un peu ce soir, acheva-t-il.

Ses yeux se posèrent rapidement sur la jeune femme.

En voyant l'expression de son visage, Leandra eut envie de le frapper. Son allusion à peine voilée était claire : avec une femme pareille à ses côtés, quel homme voudrait dormir ?

Une fois encore, Theo se força à penser à autre chose qu'à cette femme nue dans ses bras. C'était hors de propos. Car bientôt, sa brève intrusion dans les affaires de sa famille serait terminée. Définitivement.

Demos Atrides ouvrit la porte de son appartement et poussa Leandra à l'intérieur. Fatiguée, celle-ci jeta sa pochette sur le sofa et se débarrassa de ses talons aiguilles. Elle ne sentait plus ses pieds.

— Alors ? s'enquit Chris, qui les attendait. Tout s'est bien passé ?

Demos lança un bref éclat de rire, révélant la tension qui l'étreignait encore.

— Il a tout gobé !

Il rit encore et un sourire radieux illumina son beau visage. Mais Leandra n'était pas d'humeur aussi joyeuse.

— Nom d'un chien, Chris ! A cause de cette fichue robe, Theo Atrides me considère comme la dernière des traînées !

Un frisson la parcourut tandis qu'elle pensait à la façon dont le cousin de Demos l'avait regardée.

Mais Chris ne se laissa pas démonter.

— C'est exactement ce que nous voulions, Lea ! Il doit penser que Demos est totalement accro à sa maîtresse ! Et question séduction…

Il la saisit par les épaules.

— Tu es parfaite, ma petite ! Tu es à croquer !

Leandra le repoussa et se dirigea vers la salle de bain.

— Fiche-moi la paix, Chris ! Il faut que je me débarrasse de cet accoutrement ridicule !

La soirée avait été bien plus éprouvante qu'elle ne s'y était attendue. Prétendre être la maîtresse de Demos semblait pourtant si facile, sur le papier. Elle n'avait eu qu'à s'installer dans la chambre d'amis du luxueux appartement de Demos et passer les trois dernières semaines à faire semblant de vivre avec lui, dans l'espoir que sa famille finisse par comprendre et accepter qu'il ne rentrerait pas épouser Sofia Allessandros.

Le visage grave, Leandra regarda son reflet dans le miroir tandis qu'elle démêlait ses cheveux.

« Pourvu que la comédie de ce soir ait été convaincante ! se dit-elle en frémissant. Et pourvu que les Atrides laissent enfin Demos en paix ! » Elle ne pourrait pas endurer une autre rencontre avec Theo Atrides. Ses nerfs ne le supporteraient pas.

Il était l'homme le plus incroyablement attirant sur lequel elle

avait jamais posé les yeux. Et lui l'avait considérée comme…
une prostituée de luxe.

Et si les choses s'étaient passées autrement ?

Elle interrompit son geste et son imagination s'envola. Elle
se vit habillée d'un long fourreau de velours noir agrémenté
d'une traîne balayant le sol, son modeste décolleté orné d'une
rose blanche, ses cheveux retenus sur la nuque en un chignon
élégant. Elle porterait un maquillage délicat et un parfum
subtil…

Si Theo Atrides l'avait vue ainsi, alors peut-être l'aurait-il
mieux jugée, songea Leandra. Sans cet éclair de mépris grossier
qu'il n'avait même pas pris la peine de dissimuler.

Envoûtée par son rêve, elle soupira. Et puis, soudain, sans
crier gare, elle fondit en larmes. Non, les actrices débutantes,
quelles que soient leurs tenues, n'intéressaient pas cet homme.
Et quand bien même elle aurait réussi à l'intéresser, à quoi
bon ?

Vigoureusement, elle acheva de démêler ses cheveux et
rejoignit ses deux amis dans le salon. Chris glissa son bras
autour de ses épaules.

— Tu te sens mieux à présent ? s'enquit-il gentiment.

Elle hocha la tête.

— Oui. Je suis désolée, mais honnêtement, la façon dont
tu m'as habillée… je me sentais tellement nue ! Et le cousin
de Demos m'a regardée avec un tel mépris !

Elle prit une profonde inspiration.

— Heureusement, c'est terminé ! Oh, Demos…

Elle lui tendit les boucles d'oreilles en diamant.

— Ceci t'appartient.

Demos les posa sur la table basse et regarda Leandra. Il
semblait embarrassé.

— Je suis vraiment désolé que mon cousin se soit comporté de façon aussi irrespectueuse envers toi.

Elle leva la main dans un geste apaisant. Elle ne voulait pas que Demos se sente coupable.

— Ce n'est rien, affirma-t-elle d'un ton dégagé en essayant de tourner la situation en dérision. Je survivrai. Et comme le dit Chris, c'était le but du jeu : me faire passer pour le nouveau joujou d'un homme riche. Je serai bien contente s'il l'a cru !

Elle baissa les yeux. Pour sûr, Theo Atrides l'avait bien prise pour un objet de plaisir. Le souvenir de leur brève rencontre s'empara d'elle une fois encore alors qu'elle ressentait le frisson de sa main prenant la sienne, de ses lèvres embrassant sa paume… la caresse appuyée de sa langue…

Un sentiment d'humiliation l'envahit. Elle pouvait bien se dire tout ce qu'elle voulait, essayer de se convaincre que cela avait été horrible d'être traitée ainsi, elle savait qu'elle se mentait à elle-même.

La vérité, c'était que Theo Atrides avait exercé sur elle un effet tel qu'elle n'en avait encore jamais ressenti de toute sa vie. Et elle en était bouleversée. Un frisson la parcourut alors qu'elle luttait pour repousser l'image de cet homme de son esprit.

— Lea… est-ce que tu vas bien ?

Elle releva brutalement la tête.

— Je vais bien, oui. Un peu fatiguée, c'est tout.

Chris la regardait attentivement.

— C'est à cause de ce salaud ? demanda-t-il doucement.

Assis à côté de lui, Demos se raidit en entendant Chris parler ainsi de son cousin, qu'il avait toujours admiré. Il se garda cependant de dire quoi que ce soit.

Leandra se mordit la lèvre. Elle ne pourrait pas leurrer ses amis très longtemps.

— Oui, reconnut-elle. Mais… Aucune importance. Tout ce qui compte, c'est qu'il laisse Demos en paix.

Elle se força à paraître enjouée et décida qu'elle devait se ressaisir. Peu importait le fait qu'elle se soit entichée de Theo Atrides. Cela n'avait aucune importance qu'il soit l'homme le plus beau qu'elle ait jamais vu et qu'il la considère comme une femme vénale et amorale.

Jamais plus elle ne le reverrait.

Theo Atrides était entré et sorti de sa vie. Il n'y reviendrait jamais.

2.

La mine sombre, Theo regardait fixement Hyde Park depuis la suite de l'hôtel luxueux où il séjournait avec son grand-père. Les arbres avaient déjà revêtu leur parure automnale. L'été tirait à sa fin.

Il était d'humeur sombre. Demos venait de partir et son entrevue avec Milo avait été tendue. Lorsque ce dernier avait enfin achevé son sermon sur le devoir, les responsabilités, la famille et Sofia Allessandros qui attendait à Athènes, son cousin avait répété avec entêtement ce qu'il avait dit à Theo la veille au soir. Il n'était pas prêt pour le mariage. Rien de plus. Il appréciait sa vie de célibataire.

Et puis, il était parti.

Theo se retourna vers Milo.

— Es-tu sûr de vouloir cette union ? demanda-t-il.

Milo lui jeta un regard noir. Dans son visage marqué par les rides, ses yeux étaient encore vifs et perçants.

— Demos doit se marier et Sofia est la femme qu'il lui faut.

Theo marqua une pause.

— Je comprends, avança-t-il prudemment, qu'il te tarde d'avoir un arrière-petit-fils. Mais… ne pourrais-tu pas lui laisser un peu plus de temps ? Il s'agit de *sa* vie après tout.

Les yeux noirs et perspicaces observèrent Theo avec attention.

— Je m'inquiète pour lui, dit Milo avec grandiloquence. Je veux le voir en sécurité avec Sofia. Quant à cette femme, elle n'est qu'une passade. Il ne l'épousera pas !

La bouche de Milo se serra.

— Les jeunes hommes d'aujourd'hui sont décidément incapables de choisir la femme qu'il leur faut ! continua Milo. Ce n'est pas toi qui diras le contraire…

Un instant, Theo garda le silence. Et puis, avec un haussement d'épaules provocateur, il lança :

— Eh bien, on peut dire que mon père et toi vous en êtes occupés, n'est-ce pas ? Ainsi que de la « légère complication » qui allait avec !

Milo cilla. Theo ne lui pardonnerait jamais cette histoire. Il le savait.

— Nous avons fait ce qui était nécessaire. Une femme pareille… Tu devrais être reconnaissant !

— Reconnaissant ? répéta Theo avec lassitude.

— Oui, l'argent a révélé sa vraie nature. Cela marche toujours avec les femmes de cette trempe ! s'emporta le vieil homme.

Il s'agita sur son fauteuil. Une onde de douleur déforma brièvement les traits de son visage. Theo s'en aperçut et fut empli de compassion. Le passé était derrière lui. Son père et son grand-père avaient agi pour le mieux… de leur point de vue. Et ils avaient eu raison, il ne le niait pas. L'argent avait effectivement révélé la vraie nature de cette femme. Et Theo leur en était reconnaissant, comme l'affirmait Milo. Reconnaissant qu'ils aient détruit ses illusions.

Les illusions étaient toujours dangereuses. C'était vrai en affaires comme en amour.

Désormais, Theo ne se faisait plus aucune illusion. Il savait ce qu'il attendait des femmes. Un plaisir agréable, simple et qui ne lui cause aucune douleur. Quant à prendre une épouse... c'était hors de question. Malgré toutes les pressions que Milo exerçait sur lui pour qu'il assure la pérennité du nom de la famille, il savait que jamais plus il ne confierait son bonheur à une femme.

— Sofia fera une excellente épouse pour Demos. Tu le sais.

La voix de Milo le ramena à leur préoccupation actuelle.

Il avait raison. Depuis l'enfance, Sofia Allessandros était préparée à devenir l'épouse modèle d'un homme riche. Et, comme toutes les jeunes filles grecques de bonne famille, elle était vierge.

Theo plissa le front. L'image de la petite amie de Demos, jeune, sensuelle et séduisante, envahit son esprit. Une tentatrice qui éloignait les hommes de leurs devoirs, de leurs responsabilités... et de leurs familles.

Comme s'il lisait dans ses pensées, Milo reprit la parole :

— Demos ne s'intéressera pas à Sofia tant qu'il aura une maîtresse.

— Celle-là réchaufferait le lit du premier venu ! lança-t-il avec mépris.

Les yeux de son grand-père se plissèrent.

— Le tien, Theo ?

Celui-ci protesta vigoureusement. Mais Milo n'avait pas bâti un véritable empire à partir de rien sans être capable de deviner les pensées des gens. Le vieil homme éclata de rire.

— Eh bien, ce serait une bonne façon de s'en débarrasser !

Theo serra les dents.

— Je pensais à quelque chose d'un peu plus simple.

— Il n'y a rien de plus simple que le sexe, déclara crûment Milo en s'étranglant presque de rire.

Lui-même, par le passé, avait eu un nombre incalculable de maîtresses.

— Si, l'argent, corrigea son petit-fils en soutenant son regard. Ce n'est pas toi qui diras le contraire…

Si son grand-père perçut son amertume, il ne la releva pas.

— C'est vrai, acquiesça Milo en se carrant confortablement dans son fauteuil. L'argent est une bonne solution.

Theo hocha la tête.

— Je m'en occupe, dit-il. Tout sera réglé d'ici la semaine prochaine.

Profondément concentrée, Leandra fronça les sourcils.

— Peux-tu me donner la réplique, Demos, s'il te plaît ?

— Bien sûr.

Malgré son sourire obligeant, Leandra perçut l'inquiétude dans sa voix. L'entretien qu'il avait eu avec son grand-père le matin même avait été éprouvant et elle se sentait triste pour lui. Au fil des semaines passées dans son appartement, elle avait appris à apprécier ce jeune homme issu d'un monde si différent du sien. Pourquoi diable sa famille s'obstinait-elle à vouloir organiser sa vie pour lui ? se demanda-t-elle. C'était déjà bien insupportable que son grand-père le presse de se marier. Il fallait à présent que son cousin s'en mêle !

Son cousin qui lui ressemblait si peu. En compagnie de Demos, elle se sentait sereine et en sécurité. En présence de Theo Atrides… c'était tout le contraire. Elle frémit intérieurement.

Et puis, résolument, elle revint à son script. Demos était

vraiment gentil de l'aider à apprendre ce nouveau rôle, particulièrement ardu. Il ne lui apporterait ni la fortune, ni la gloire, mais quel privilège d'avoir été choisie pour le jouer !

De plus, la concentration nécessaire à la mémorisation de son texte l'aidait à ne pas penser à Theo Atrides. Tous les stratagèmes étaient les bienvenus, car le souvenir de cet homme la hantait. Elle ne parvenait pas à l'oublier. Il s'immisçait partout, jusque dans ses rêves. Ce qui n'avait aucun sens, puisqu'elle ne le reverrait jamais. Bientôt, il repartirait à Athènes avec son grand-père et tout serait fini.

Pourtant, Leandra s'interrogeait. S'avoueraient-ils facilement vaincus ? N'avaient-ils pas les moyens de contraindre Demos ?

Quant à Sofia, que penserait-elle en étant rejetée par l'homme qui était censé l'épouser ? Personne ne semblait se préoccuper de ce qu'*elle* voulait dans toute cette histoire !

— Demos ? demanda Leandra. Es-tu sûr que Sofia ne sera pas déçue si votre mariage n'a pas lieu ? On dirait qu'elle a attendu ce jour toute sa vie.

Soudain mal à l'aise, il détourna le regard.

— Je n'y peux rien. Tu sais que je ne peux pas me résoudre à cette union. Pour moi, cela reviendrait à la tromper cruellement.

Leandra se mordit la lèvre. Avec précaution, elle reprit :

— Ne peux-tu pas lui expliquer ? Ainsi qu'à ta famille ?

Le visage de Demos se ferma.

— Ne me demande pas ça, Leandra.

L'anxiété et la culpabilité perçaient dans sa voix, et elle n'insista pas. Il avait bien assez de problèmes à gérer. Un jour, il serait capable de s'en décharger, mais pas pour l'instant, elle le sentait. Il n'était pas prêt.

— Quand ton grand-père retourne-t-il à Athènes ?

La tristesse de son regard s'intensifia.

— Je ne sais pas, répondit-il. Theo souhaite qu'il consulte un grand spécialiste durant son séjour à Londres.

— Oh… Mais alors, que veux-tu que je fasse ?

— Si tu pouvais rester encore un peu, je t'en serais très reconnaissant, demanda-t-il d'une voix presque suppliante.

Leandra lui sourit.

— Bien sûr, si cela t'arrange. Je suis heureuse de pouvoir t'aider. Et au point où nous en sommes, autant aller jusqu'au bout !

Avec un grand sourire, elle tapota les pages du script.

— Mais c'est donnant, donnant, mon jeune ami ! Et nous avons du pain sur la planche !

Leandra éclata de rire.

— Si seulement ton cousin pouvait nous voir maintenant ! Il n'en croirait pas ses yeux !

La journée était magnifique. Bien qu'automnal, le temps restait encore doux et ensoleillé.

Leandra s'engagea dans Edgware Road, le corps délicieusement fatigué après le cours de danse qu'elle venait de suivre à Paddington. Etre actrice n'était pas un métier de tout repos. Londres regorgeait d'aspirantes pleines d'ambition et la compétition lors des auditions était âpre. Pourtant jouer la comédie était son rêve de toujours, en dépit des réticences de ses parents.

En pensant à eux, ses yeux s'emplirent de larmes. Leur disparition dans un accident d'autocar avait été si soudaine, si brutale. Aujourd'hui encore, deux ans après, elle ressentait toujours leur décès comme une vraie déchirure.

Chris avait été d'un grand secours pour elle. Tel un véritable ami, il l'avait prise sous son aile et avait veillé sur elle alors que la peine et la douleur la terrassaient. Aussi n'avait-elle pas hésité une seconde lorsqu'il lui avait demandé de venir en aide à Demos !

Le bruit strident d'un Klaxon la fit sursauter, interrompant le cours de ses rêveries. Quelqu'un la frôla sur le trottoir encombré. Instinctivement, elle s'écarta. Une seconde personne la bouscula encore. Jetant un coup d'œil à droite, puis à gauche, elle fronça les sourcils. Londres était une ville sûre en général, mais des agressions pouvaient se produire. Elle serra un peu plus son sac contre elle. C'est alors qu'elle se sentie prise en étau entre deux individus.

Tout arriva très vite. Ils la saisirent chacun par un coude, la poussèrent en avant. Sans qu'elle puisse appeler au secours, ils la jetèrent à l'intérieur d'une immense limousine aux vitres teintées qui, surgie de nulle part, s'était arrêtée le long du trottoir. La portière claqua. Sa tête fut renversée en arrière et un tampon pressé sur sa bouche et son nez. Alors que l'anesthésique emplissait ses poumons, ses paupières battaient désespérément. Puis elle ne put plus lutter. Ses paupières se fermèrent et elle perdit conscience.

— T'a-t-il dit combien de temps il me restait ?

La voix de Milo était cassante, mais Theo y percevait aussi une immense fatigue. Le vieil homme était solide mais son grand âge le rattrapait.

— Six mois, peut-être neuf. Un an au plus.

Theo était brutal. Il savait que son grand-père n'aurait pas supporté qu'il lui cache la vérité.

Les yeux de Milo brillèrent d'un air farouche.

— Assez pour savoir que je vais avoir un arrière-petit-fils !

Theo regarda par la vitre de la limousine. Ils descendaient Harley Street, haut lieu de la médecine à Londres. En cette heure de pointe, la circulation était dense.

Il ne releva pas la remarque de son grand-père et poursuivit :

— Le docteur veut adapter ton traitement. Cela pourrait te permettre de gagner du temps. Il veut que tu commences sans tarder mais souhaite te surveiller une semaine ou deux, en cas d'effets secondaires. Aucune hospitalisation ne sera nécessaire. J'ai donc prolongé la réservation de notre suite de deux semaines. Je resterai auprès de toi, bien entendu.

Son grand-père grinça des dents.

— Pas question de rester dans ce fichu hôtel ! Nous nous installerons dans l'appartement de Demos. D'ailleurs, je veux le voir !

Theo fronça les sourcils.

— Mais son amie est encore là. Je n'ai pas eu le temps de m'en occuper.

Milo laissa échapper un rire cynique.

— Economise ton énergie. J'en ai fini avec elle.

Theo tourna vivement la tête vers son grand-père.

— J'avais pourtant dit que je m'en chargerais.

— Eh bien, je t'ai épargné cette peine. Et ma méthode a coûté beaucoup moins cher ! Pour bien un meilleur résultat.

— Que veux-tu dire ? Qu'as-tu fait ?

Theo parlait lentement, plein d'appréhension. Milo le fixait avec satisfaction.

— Je me suis arrangé pour qu'elle débarrasse le plancher.

Il sentit une sueur froide descendre le long de sa colonne vertébrale.

— Qu'as-tu fait… exactement… ?

Milo rit de nouveau.

— Ne me regarde pas comme si je l'avais fait assassiner. Elle va bien. A l'heure qu'il est, elle doit être en train de se dorer au soleil.

— Elle a accepté de partir en vacances ? s'étonna Théo.

Il n'en croyait pas ses oreilles.

— A vrai dire, je n'ai pas pris le temps de lui demander. Je l'ai fait expédier là-bas, un point c'est tout.

— *Expédiée ?* Comment ? Et où ?

— Comment ? C'est simple. Je l'ai fait suivre ce matin, quand elle a quitté l'appartement de Demos. Ensuite, mes hommes l'ont fait monter dans une voiture et l'ont conduite à un terrain d'aviation privé. Le tour était joué ! Ne me regarde pas comme ça, mon garçon ! Je ne suis pas encore impotent ! Je connais les gens qui savent faire ce genre de choses… en toute discrétion !

Atterré, Theo ne le quittait pas des yeux.

— Es-tu en train de dire que tu l'as fait enlever ?

Milo toussa avec irritation.

— Je me suis débarrassé d'elle ! C'est tout ! Elle va très bien, je te l'ai dit !

Theo poussa un juron.

— *Où ?* demanda-t-il instamment. Où est-elle, Milo ?

Le vieil homme s'étrangla encore de rire.

— Tu es donc si impatient d'aller la retrouver ? Sans doute veux-tu remplacer Demos ?

Theo ignora la crudité de sa remarque. L'angoisse s'était répandue dans tout son corps. Milo avait-il perdu la tête ?

— Où est-elle ? répéta-t-il.

Les yeux de Milo étincelèrent.

— Ne me parle pas sur ce ton. Elle est sur l'île qui te sert de cachette. Là où tu emmènes toutes tes conquêtes.

— *Quoi ?*

Milo le regarda d'un air sarcastique.

— Tu croyais sans doute que j'ignorais l'existence de cette île ? Eh bien, non ! Mais je te comprends. Un homme a besoin d'intimité pour ce genre de choses.

Il semblait très satisfait de lui-même.

— La petite amie de Demos sera parfaitement bien là-bas. Et quand je la laisserai quitter l'île, Demos et Sofia seront fiancés !

Il jeta un regard triomphant à Theo, qui l'écoutait avec consternation.

— Comme tu le vois, c'est moins onéreux qu'un bakchich et bien plus efficace !

— Avec un léger inconvénient cependant…

La voix de Theo était sans timbre.

— Je te rappelle qu'un enlèvement est un crime.

Comment Theo traversa les vingt-quatre heures suivantes, il ne se le rappela pas par la suite. Il dut d'abord veiller sur Milo, contraint de garder la chambre, puis affronter un Demos fou d'inquiétude lorsque, de retour de son bureau, il avait trouvé l'appartement vide et compris que Leandra avait disparu.

— Milo a fait *quoi* ?

Son cousin était blême.

— Elle va bien. Ça au moins, j'en suis sûr.

— Je vais la chercher. Tout de suite ! lança Demos.

Theo l'agrippa par l'épaule.

— Non ! Je m'en occupe.

Un instant, ils se mesurèrent du regard. Toute sa vie, Demos l'avait considéré comme un frère aîné.

— Fais-moi confiance, dit Theo. Reste ici et veille sur Milo. Dans l'immédiat…

Il inspira profondément.

— … je ne supporte pas d'être auprès de lui. Je sais qu'il est désespéré, mais de là à manigancer un tel acte !

Anxieux, Theo songea une nouvelle fois que s'il ne trouvait pas un moyen de faire taire cette fille, elle pourrait fort bien traîner Milo en justice. Il pourrait même être condamné.

Quant à la presse, elle s'emparerait de l'affaire…

Il s'obligea à penser à autre chose. Il posa sa main sur l'épaule de Demos.

— Fais-moi confiance, répéta-t-il.

Assise sur un rocher en plein soleil, Leandra fixait obstinément le ciel aveuglant, scrutant sans relâche l'horizon.

Ses tempes battaient. Elle avait peur.

Elle avait repris conscience un peu plus tôt dans la journée, pour découvrir, l'esprit encore embrumé par l'anesthésique, qu'elle était étendue sur un lit, dans une pièce fraîche et plongée dans la pénombre. L'ameublement, bien que rare, était luxueux. Le vaste lit sur lequel elle était couchée était recouvert d'une magnifique courtepointe brodée à la main et les meubles en ébène brillaient d'une patine ancienne.

Une immense terreur l'avait envahie et elle avait lutté pour rassembler ses souvenirs.

Il y avait une voiture. J'ai été poussée à l'intérieur. Tout est devenu noir…

L'angoisse lui avait noué la gorge. Les jambes tremblantes, elle s'était levée et avait titubé jusqu'à la porte-fenêtre fermée par des persiennes de bois. Elle les avait ouvertes, et avait découvert une terrasse inondée d'une lumière bien plus éclatante qu'elle ne pourrait jamais l'être en Angleterre à cette période de l'année. Un parfum floral entêtant émanait de bouquets dans des vasques en céramique. Au-delà de la terrasse s'étendait une végétation méditerranéenne. Plus loin encore scintillait une mer azurée.

La maison se composait d'une succession de chambres dont les portes-fenêtres étaient toutes fermées. Tout à coup, à l'extrémité de la terrasse, là où elle se terminait en un patio ombragé par une treille, la dernière porte s'était ouverte. Une vieille femme en était sortie. Toute vêtue de noir, elle portait un seau et un balai.

Apercevant Leandra, elle avait hoché la tête en souriant. Elle avait posé son seau et avait fait des gestes de la main.

Et soudain, Leandra avait compris.

Elle était en Grèce !

Et si elle se trouvait là, il ne pouvait y avoir qu'une seule raison. C'était à cause de Demos.

Diverses émotions l'avaient traversée. La première, avait-elle compris, était du soulagement. Elle avait eu si peur d'avoir été enlevée par un pervers…

Mais pourquoi l'avait-on amenée ici ? Et par quel moyen ? Elle exigeait des réponses… rapidement.

— Demos ? avait-elle demandé d'une voix sourde.

Mais la femme avait simplement hoché la tête, lui avait souri et fait de nouveau des gestes avec ses mains. Brutalement, Leandra avait réalisé que la femme était sourde et muette, et qu'elle s'exprimait par signes.

Elle avait été sur le point de perdre tout contrôle. Comment allait-elle pouvoir communiquer avec cette femme qui ne parlait pas sa langue, et sourde de surcroît ! Alors qu'une vague de faiblesse la submergeait, la vieille femme l'avait prise par le bras pour la guider gentiment jusque dans la chambre. Elle l'avait fait asseoir sur un canapé face à une cheminée de pierre.

Bouleversée et affaiblie, Leandra avait fermé les yeux. Elle les avait rouvert quelques minutes plus tard lorsque la femme était revenue, avec un plateau chargé de victuailles. La faim lui tiraillant l'estomac, elle s'était jetée sur la soupe et le pain fraîchement sorti du four, avant de finir sa collation avec une tasse de café odorant.

Un magazine en grec, posé sur la table basse, avait ensuite attiré son regard. Elle était bien en Grèce et cette situation devait avoir un rapport avec Demos ! Mais où était celui-ci ?

Refoulant ses craintes, Leandra était retournée dehors. Il *devait* être quelque part !

Elle avait découvert un élégant jardin méditerranéen, agrémenté de petits sentiers pavés de pierre, de bosquets et de buis taillés. Çà et là poussaient des oliviers. Instinctivement, elle s'était dirigée vers la mer jusqu'à ce qu'elle émerge, quelques minutes plus tard, sur une plage en forme de croissant.

Elle s'était arrêtée net. C'était merveilleux ! Des vagues venaient s'échouer doucement sur le sable doré. De part et d'autre, la plage était bordée de roches blanches qui brillaient au soleil. En se retournant, elle avait aperçu la villa, à demi dissimulée par les oliviers, tel un bijou dans son écrin.

Mais toujours aucune trace de Demos.

Outre la femme qui lui avait amené à manger, la seule personne présente était un vieil homme, sans doute son mari, qui semblait s'occuper du jardin. A la façon dont lui aussi s'était adressé à Leandra, elle avait compris qu'il était sourd également.

Elle avait senti la peur l'étreindre de nouveau. Elle avait fait le tour de la villa, déterminée à trouver une route et à rejoindre le village ou le café le plus proche pour appeler Londres et découvrir enfin ce qui s'était passé ! Au moins, elle avait son sac et elle pourrait sûrement changer de l'argent quelque part.

Mais aucun chemin ne reliait la villa à une route. Rien. La propriété semblait s'étendre à perte de vue.

Enfin, Leandra avait découvert un sentier forestier et l'avait suivit. Peut-être pourrait-elle couper à travers la garrigue et trouver une route plus à l'intérieur des terres. Il devait bien y en avoir une, malgré l'isolement de la villa. A en juger par le silence absolu autour d'elle, elle devait être vraiment à l'écart de tout.

Résolument, elle avait poursuivi son chemin et gagné le sommet de la colline. Là, elle s'était arrêtée et avait regardé en contrebas. Juste en dessous d'elle, la villa était nichée près de la plage. Plus loin, il y avait un bâtiment en tôles ondulées et une manche à air, indiquant qu'il s'agissait d'une plate-forme pour hélicoptères. Juste en dessous, une petite crique jouxtait une jetée de pierres et un hangar à bateaux, mais aucune embarcation n'y était amarrée. La plage s'étendait devant la villa. Et au-delà, tout autour, la mer à l'infini…

Désespérée, Leandra ferma les yeux. Elle était sur une île.

Theo coupa le moteur de l'hélicoptère. Il retira ses écouteurs, arrêta les commandes les unes après les autres et jeta un coup d'œil à l'extérieur.

Elle l'attendait.

Il l'avait vue courir vers l'aire d'atterrissage, alors qu'il amorçait sa descente.

Quelle histoire pénible ! Amadouer cette fille après l'épreuve qu'elle venait de vivre allait lui coûter les yeux de la tête. Et si elle décidait de porter plainte ?

Il faisait une chaleur torride et il mourait d'envie de prendre une douche et de boire une bière fraîche.

Il fit coulisser la porte et sauta à terre. Il ne retournerait pas à Athènes le soir même. Il fallait refaire le plein, et la nuit ne tarderait pas à tomber. En outre, il était épuisé. Physiquement et mentalement.

« Pourvu qu'elle ne soit pas hystérique ! » se dit-il. Qu'elle ne se mette pas à pleurer et à gémir sur son épaule. Il détestait cela chez une femme.

Comme il s'approchait, de la démarche rapide qui le caractérisait, il réalisa que s'il n'avait pas su que c'était Leandra Ross qui l'attendait, jamais il ne l'aurait reconnue.

Disparue, la femme facile. Le corps gracieux et sensuel qu'elle avait si généreusement dévoilé l'autre soir était à présent presque complètement dissimulé sous un jean et un T-shirt. Sa splendide chevelure blonde était ramassée en un chignon désordonné et son visage était dépourvu de la moindre trace de maquillage. Elle était néanmoins splendide.

Plus il s'approchait d'elle et plus il était bouleversé. Ainsi immobile, elle ressemblait à une nymphe de la Grèce antique, convoitée par tous les dieux de l'Olympe.

Une fois encore, comme le soir du gala, une vision très vivace surgit dans son esprit. Il la tenait emprisonnée dans ses bras, il l'attirait tout contre lui, pressait son corps avide contre le sien…

Brutalement, il chassa cette pensée, totalement hors de propos. Cette femme n'était qu'un problème pour lui. Et à cause de Milo, un problème dangereux qu'il devait neutraliser dès que possible.

Il s'arrêta devant elle.

3.

Comme pétrifiée, Leandra le regardait fixement.

Après avoir passé des heures à scruter le ciel et la mer, désespérée d'apercevoir quelque chose, n'importe quoi, le vacarme de l'hélicoptère l'avait fait se précipiter vers l'aire d'atterrissage.

Et puis, alors que l'appareil se posait, une nouvelle vague de terreur l'avait envahie. Il ne portait aucun logo, ni même l'emblème de l'empire Atrides.

« Oh, Seigneur ! Et si tout cela n'avait rien à voir avec Demos ? » pensa-t-elle.

C'est alors que la porte de l'appareil avait coulissé et que le pilote était descendu. Et elle avait découvert un visage qu'elle ne connaissait que trop.

Vêtu d'un costume impeccable, ses yeux noirs dissimulés derrière des lunettes de soleil, Theo Atrides se dirigeait vers elle. Il semblait si sûr de lui, si calme…

Il s'arrêta devant elle.

Avec une force dont elle ne se savait pas capable, Leandra leva les poings et se mit à frapper le torse de Theo comme si elle était possédée par tous les diables de l'enfer.

Elle se mit à hurler contre lui, évacuant toute la terreur et la colère qu'elle avait éprouvées au cours de la journée, depuis qu'elle avait repris conscience et comprit que *quelqu'un* l'avait kidnappée au cœur de Londres, droguée et abandonnée à des milliers de kilomètres.

Et ce quelqu'un était l'arrogant et méprisable cousin de Demos, celui qui l'avait considérée comme une traînée. C'était *lui* qui lui avait fait tout ce mal ! Et elle savait pourquoi ! Pour se débarrasser d'elle ! Pour pouvoir ramener Demos vers sa promise !

Comment avait-il osé lui faire ça ?

Brutalement, il la saisit par les poignets et l'immobilisa, en la maintenant à distance de lui.

— Arrêtez ça tout de suite !

Leandra cria de plus belle.

— Non ! Je ne me tairai pas ! Vous m'avez fait enlever et je vais vous faire envoyer en prison !

— Je vous ordonne de vous taire ! Taisez-vous et je vous expliquerai tout.

Theo resserra ses mains sur les poignets de la jeune femme. Il lui semblait presque que les éclairs de colère dans ses yeux allaient le transpercer. Sa poitrine se soulevait par à-coups tant elle était en colère. Dire qu'il avait redouté qu'elle sanglote et gémisse !

Au moins, elle avait arrêté de crier. D'un mouvement brusque, il la força à reculer, augmentant l'espace entre eux, sans cesser cependant de retenir ses poignets.

Il jura entre ses dents.

— Je ne vous ai pas kidnappée. Je ne suis pas responsable de votre présence ici que…

Il prit une profonde inspiration avant de poursuivre.

— … que je regrette autant que vous. Croyez-moi !

Avec méfiance, il observait la jeune femme, haletante et échevelée, et dont le visage était contracté par la rage.

— Maintenant, reprit-il, si votre petite crise de nerfs est terminée, peut-être allez-vous enfin m'écouter ?

Le cœur battant la chamade tremblant de tous ses membres, Leandra hocha la tête mécaniquement.

Il la lâcha. Toujours oppressée, elle lança d'un ton cinglant :

— Eh bien, je vous écoute. J'adorerais vous entendre, M. Theo Atrides ! Ensuite, vous pourrez tout répéter à la police !

Theo serra les dents. Personne ne lui parlait jamais ainsi ! Son corps se raidit, il se redressa et parut d'autant plus imposant.

— Ne me parlez pas sur ce ton, ordonna-t-il froidement.

— Essayez donc de dire cela au juge qui vous condamnera pour enlèvement et détention abusive, répliqua-t-elle.

Il leva la main d'un geste impérieux.

— Allez-vous vous taire ? Je n'ai rien à voir avec ce fiasco, je vous l'assure ! Et si vous voulez bien daigner m'écouter, je vous expliquerai ce qui s'est passé.

Il regarda par-dessus son épaule.

— Mais pas ici.

Il lui jeta un regard noir.

— La journée a été harassante. Je vous parlerai dans vingt minutes, sur la terrasse. Ne me faites pas attendre.

Leandra, furieuse et bouleversée, le vit s'éloigner à grandes enjambées vers la villa. Lentement, ses bras tombèrent le long de son corps.

« Il m'a congédiée ! songea-t-elle, incrédule. Il me kidnappe, et maintenant il s'en va ! »

Pour qui se prenait-il ?

*
* *

Vingt minutes plus tard, Theo arrivait sur le patio où Leandra l'attendait, les nerfs encore à vif. Et soudain, elle eut une nouvelle raison d'avoir le souffle coupé.

Il était irrésistible !

Ses cheveux noirs, encore humides au sortir de la douche, brillaient comme l'ébène. Il avait troqué son costume trois pièces contre une tenue décontractée, et il avait ôté ses lunettes noires. A présent, elle pouvait voir ses yeux magnifiques la scruter.

A l'instant où il atteignait la table et s'asseyait en face d'elle, la vieille gouvernante sortit de la maison, avec du café sur un plateau.

Theo la remercia.

— Agathias est sourde, expliqua-t-il. Son mari Yiorgos aussi.

— Je m'en suis aperçue, répliqua Leandra d'un ton cassant. Comme c'est pratique d'employer des geôliers qui ne peuvent entendre leurs prisonniers !

Les yeux noirs lancèrent des éclairs.

— Agathias et Yiorgos ne sont *pas* des geôliers, Mlle Ross.

— Mais cette île est la vôtre !

— C'est exact, approuva-t-il avec lassitude. Cette île m'appartient et Agathias et Yiorgos en sont les gardiens. Mais tout ce qu'ils savent à votre sujet, c'est que vous étiez inconsciente à votre arrivée.

Sa mâchoire se contracta.

— Je crains qu'Agathias n'ait présumé que vous étiez ivre.

Leandra se sentit submergée par l'indignation.

— Ivre ? répéta-t-elle avec emportement. J'étais sous l'effet d'un anesthésique ! Après avoir été enlevée au beau milieu

42

d'Edgware Road ! N'essayez surtout pas de faire croire que j'étais ivre !

— Je sais bien que vous ne l'étiez pas. Je sais parfaitement ce qui vous est arrivé.

Elle écarquilla les yeux.

— Alors, c'est bien *vous* qui avez tout manigancé ?

— C'est faux ! Je n'ai absolument rien à voir avec tout ceci, Mlle Ross. Absolument rien !

— Oh, vraiment ? Mais alors, dites-moi qui est derrière tout ça. Dites-le moi ! exigea-t-elle rageusement.

Un long moment, il la regarda dans les yeux.

— Mon grand-père, avoua-t-il enfin.

Elle sursauta.

— Votre grand-père ? Mais il a perdu la raison ?

Theo soupira profondément et prit une tasse de café sur le plateau.

— Il n'est pas fou, non. Seulement âgé, Mlle Ross. Les jours lui sont comptés.

Il la regarda attentivement. Elle semblait si différente de la femme qui s'accrochait au bras de Demos lors de cette soirée de gala.

Ce souvenir déclencha une réaction inattendue dans tout son corps et il dut se reprendre pour se rappeler le but de sa visite. L'unique raison de sa présence sur l'île : il devait éloigner cette fille de son cousin, et non chercher à savoir si ses yeux étaient plutôt ambrés ou dorés…

— Mon grand-père refuse de mourir avant de voir Demos marié. Celui-ci a dû vous dire qu'il devait très bientôt épouser une jeune fille grecque ?

Il ne la quittait pas du regard. Demos lui avait-il parlé ? Feignait-elle d'ignorer que leur aventure était vouée à l'échec ?

Leandra réfléchissait à tout vitesse. Elle devait, comprit-elle, continuer à jouer le rôle de la maîtresse de Demos si elle ne voulait pas le trahir. Si elle avait *réellement* été sa maîtresse, Demos lui aurait-il parlé de Sofia ?

Elle haussa légèrement les épaules.

— Je sais, en effet, que sa famille souhaite qu'il se marie. Mais la décision lui appartient, n'est-ce pas ?

Theo poursuivit :

— Mon grand-père est un vieil homme malade, Mlle Ross. Sa vie a été ponctuée de nombreux malheurs. Dans sa... hâte à voir se conclure ce mariage, il...

Il semblait choisir ses mots avec précaution.

— ... il a peut-être un peu exagéré.

Leandra éprouva un regain de colère. Exagérer ? L'enlever et la retenir prisonnière : pour lui, c'était simplement exagérer ?

— Il m'a fait kidnapper ! lui jeta-t-elle.

Le visage de Theo restait impassible. Visiblement, il savait dissimuler ses sentiments lorsque c'était nécessaire.

— Voilà une accusation très grave, Mlle Ross, dit-il d'un ton péremptoire.

— C'est pourtant la vérité !

Il but encore une gorgée de café. Les yeux plissés, Leandra l'observait attentivement.

— Mlle Ross, reprit-il, je dois admettre qu'une grossière erreur a été commise. Vous avez, de façon fort contrariante, été la victime d'une expérience qui, je n'en doute pas, a été très éprouvante...

Theo se sentait envahi par des émotions contradictoires. Tout en parlant, il se disait qu'elle avait légitimement le droit d'être furieuse. Milo avait agi de façon impardonnable. Mais il *devait* la persuader de ne pas porter plainte. Pour cela, il était prêt à lui offrir une compensation très substantielle... à condition bien sûr qu'elle accepte de mettre un terme à sa liaison avec Demos. Alors seulement, il réussirait à la chasser de sa vie… et de son esprit !

— M. Atrides, je veux m'en aller. Immédiatement.

— Je crains que cela ne soit pas possible, répliqua-t-il sèchement.

Les yeux couleur d'ambre étincelèrent de colère.

— Je ne vois pas pourquoi. Vous êtes arrivé en hélicoptère. Faites-moi quitter l'île de la même façon !

— Ce n'est pas si simple. Il faut refaire le plein, vérifier les prévisions météo, transmettre un plan de vol au contrôle aérien à Athènes… Mais surtout…

Il leva la main dans un geste catégorique.

— … je ne suis pas disposé à aller où que ce soit ce soir.

Il la vit pâlir. Les doigts de la jeune femme agrippèrent le bord de la table.

— Mais il faut que je parte d'ici. Il le faut ! Je vous demande de me conduire à Athènes sur-le-champ et de me mettre dans un vol pour Londres !

Sous son ton péremptoire perçait une note de panique, mais Theo voulut l'ignorer. Il n'était pas d'humeur. Il repoussa sa tasse vide et se leva.

— Vous n'irez nulle part ce soir, point final. A présent, si vous voulez bien m'excuser, je dois contacter mon bureau.

Il s'éloigna d'un pas nonchalant.

— Agathias servira le dîner dans une heure, jeta-t-il par-dessus son épaule. Ne soyez pas en retard.

Il disparut à l'intérieur de la villa, laissant Leandra seule, furieuse et indignée. Elle était donc coincée sur cette île, prisonnière de cet odieux Theo Atrides. Cette perspective la terrifiait…

Après avoir pris une douche dans la salle de bains attenante à sa chambre, Leandra ne put se résoudre à remettre les vêtements qu'elle portait depuis bientôt deux jours. Mais le seul autre vêtement qu'elle trouva était un peignoir de soie cerise. Une invitée de Theo Atrides l'avait sans doute oublié !

Elle était sûre à présent que Theo Atrides amenait sur l'île ses conquêtes, lorsqu'il voulait échapper aux paparazzi. Ici, il disposait de toute l'intimité souhaitée !

Fermement, elle noua la ceinture du peignoir. Au diable la vie sentimentale de Theo Atrides ! Tout ce qu'elle voulait, c'était qu'il la ramène à Athènes.

Malheureusement, si elle ne voulait pas mourir de faim, elle allait devoir s'accommoder de sa compagnie durant le dîner...

Quand elle entra dans la salle à manger, Theo était en train de déboucher une bouteille de vin. Il se retourna et se figea sur place.

Debout à l'autre bout de la pièce, Leandra ne portait rien d'autre qu'un peignoir de soie descendant à mi-cuisse, si serré à la taille que le tissu moulait ses seins. Ses longs cheveux se répandaient comme une rivière d'or sur ses épaules. Le court vêtement dissimulait à peine ses jambes fuselées. Ses pieds étaient nus.

Comme la première fois où il avait posé les yeux sur elle lors du gala de charité, Theo sentit son corps réagir violemment. Une onde de désir monta dans ses reins.

Mais une seconde plus tard, une toute autre sensation s'emparait de lui. Croyait-elle qu'il lui suffirait d'exhiber son corps pour qu'il accepte de la ramener à Athènes ? Ou bien voulait-elle davantage de lui ? Si elle croyait pouvoir le manipuler comme Demos, elle allait tomber des nues ! C'était lui qui choisissait les femmes qu'il invitait dans son lit... certainement pas le contraire ! Et pour séduisante que fut Leandra Ross, il n'avait pas la moindre l'intention de compliquer encore l'imbroglio dans lequel il était empêtré. La seule relation qu'il voulait avec elle passerait par son carnet de chèques. Penser à autre chose ne serait que pure folie !

Surprenant l'expression de son regard, Leandra se raidit aussitôt.

« Il recommence ! pensa-t-elle. Il me regarde comme si je n'étais qu'une moins-que-rien. » Croyait-il qu'elle portait ce maudit peignoir à dessein ? Seule la faim l'empêcha de tourner les talons et de regagner sa chambre.

Le défiant du regard, elle lui adressa un grand sourire et prit place à table. Theo Atrides pouvait bien penser ce qu'il voulait : il ne méritait que son mépris.

Il s'assit à son tour. Puis Agathias entra et déposa des plats variés sur la table.

Affamée, Leandra oublia toutes ses autres pensées et commença sans attendre. Elle mangea rapidement, sans même se soucier de converser avec son hôte.

Agathias revint servir le café. L'air affairé, elle débarrassa la table et se retira vivement, les laissant seuls une fois encore.

Leandra se sentait mieux et son mal de tête avait disparu. Le lendemain, à la même heure, elle serait à Londres… de retour dans le monde réel.

Un frisson la parcourut. Elle avait vécu la pire des épreuves. A présent, apaisée et rassasiée, elle était emplie de stupeur. Comment le grand-père de Demos avait-il pu commettre un tel acte ?

Bien sûr, elle devait admettre qu'aucun mal ne lui avait été fait. Peut-être, songea-t-elle à contrecœur, avait-elle réagi exagérément quand Theo était arrivé sur l'île. Après tout, il était venu pour la ramener à Londres et il semblait ennuyé par ce que son grand-père avait fait.

— M. Atrides, commença-t-elle, la voix tendue, je tiens à m'excuser pour la façon dont j'ai réagi lorsque vous êtes arrivé. Je… J'étais… très effrayée… et bouleversée… Je ne savais pas ce qui m'était arrivé…

Elle s'interrompit. Le visage de son interlocuteur était fermé, comme s'il évaluait ce qu'elle disait. Non, se corrigea-t-elle, comme s'il soupesait *les raisons* pour lesquelles elle parlait ainsi.

En proie à la confusion, elle le regardait en se demandant ce qui se passait dans son esprit.

— Je vous en prie, dit-il enfin. Ne vous excusez pas. Votre réaction était parfaitement compréhensible.

Leandra était stupéfaite. Tout cynisme avait disparu du regard de Theo Atrides.

— Oui, reprit-il, vous étiez en droit de manifester vos émotions. Aucune femme, qui plus est aussi belle que vous, ne devrait avoir à endurer une telle épreuve.

Leandra cligna des yeux. Qu'est-ce que sa beauté avait à voir avec ça ? Etre kidnappé était terrifiant pour qui que ce soit !

— Il est temps, Mlle Ross, reprit-il d'une voix douce et calme, de conclure un marché qui, j'en suis sûr, mettra un terme à cette… escapade… de façon satisfaisante pour nous tous.

Une escapade ? A l'entendre, il ne s'agissait que d'une aventure dans laquelle elle s'était volontairement empêtrée !

Il marqua une pause pour boire une gorgée de vin, puis il lui sourit.

Leandra sentit son cœur bondir dans sa poitrine. Son sourire était si irrésistible qu'elle ne pouvait que rester assise et le regarder fixement.

Elle prit soudain conscience qu'elle était tout près de l'homme qui l'avait fait fondre la première fois où elle l'avait vu. Elle se trouvait sur *son* île, ce petit morceau de paradis où il amenait les femmes qu'il avait choisies pour leur beauté et leur charme, afin d'être ses compagnes de quelques heures ou quelques jours...

Elle sentit une certaine faiblesse s'immiscer en elle, en même temps qu'une onde de chaleur insidieuse.

Qu'aurait-elle ressenti si elle avait été l'une de ces femmes ? Qu'aurait-elle ressenti si Theo Atrides l'avait conduite ici, si elle avait bu et dîné en sa compagnie ? S'il l'avait invitée sur la terrasse baignée de l'éclat de la lune ? Si elle avait senti ses bras glisser autour de sa taille pour l'attirer contre son corps vigoureux ? Se serait-elle délecté de ses mains expertes et avides caressant ses hanches, ses seins ?

Cette vision était si puissante qu'elle dut déployer toutes ses forces pour la chasser. Non ! Elle ne serait pas l'une de ces femmes ! Elle n'avait rien à voir avec Theo Atrides : il n'était que le pilote qui allait la ramener sur le continent.

Theo s'était carré sur sa chaise, une main sur la table, l'autre posée négligemment sur l'accoudoir de la chaise. Il semblait très détendu.

— Aussi, dans un geste de... conciliation, reprit-il, je suis disposé à vous offrir un dédommagement substantiel au regard de... l'épreuve que vous avez subie. Je suis certain que je peux compter sur vous pour l'accepter comme un gage de bonne foi. Disons...

Il la regarda avec une intensité qui la fit frémir.

— ... cinquante mille livres sterling.

Elle le dévisageait sans comprendre. Mais de quoi parlait-il ?

— Naturellement, poursuivit Theo de sa voix douce et

49

menaçante à la fois, vous comprendrez qu'en retour, je vous demande de signer certaines… attestations… que mon service juridique rédige en ce moment même. En outre, je suis disposé à ajouter la même somme… pour que vous mettiez fin à votre liaison avec Demos.

Si seulement elle voulait bien cesser de le dévisager ainsi ! s'impatienta intérieurement Theo. Il aimait garder la tête froide quand il négociait. Or, sentir ces yeux couleur d'ambre posés sur lui ne l'aidait pas. Quels bijoux lui aurait-il offert si elle avait été sienne ? se surprit-il à se demander. Des émeraudes pour sublimer sa blondeur ? Des saphirs…

— Pouvez-vous répéter ? demanda la jeune femme.

Il y avait une étrange tonalité dans sa voix, nota Theo.

— Cent mille livres sterling en tout, confirma-t-il.

— Vous essayez de m'acheter, dit-elle lentement.

Dissimulant son embarras, Theo se rassura en se disant qu'il voulait seulement résoudre cette affaire pénible.

— Vous vous attendez à ce que j'accepte ?

Il affronta son regard.

— C'est une offre généreuse et honnête. Après tout, mon cousin ne signifie rien pour vous.

Il vit une lueur passer dans les yeux de Leandra.

— Ou auriez-vous l'audace de prétendre que vous êtes amoureuse de Demos ?

— Bien sûr que non ! s'offusqua-t-elle.

En voyant l'éclat de triomphe dédaigneux dans le regard de Theo, Leandra comprit, atterrée, l'erreur qu'elle venait de commettre.

— Donc…

Sa voix était caustique et glaciale.

— … c'est l'argent qui vous intéresse.

Leandra essaya de se ressaisir, désespérant de trouver les

paroles qui lui permettraient de rattraper la situation, de balayer cette expression de mépris dans ses yeux noirs.

— Vous vous trompez ! s'écria-t-elle. Je n'aime peut-être pas Demos, mais j'éprouve beaucoup d'affection pour lui.

— De l'affection ?

Elle repoussa sa chaise et se leva vivement. Elle voulait s'en aller, immédiatement ! Mais avant tout, elle devait effacer cet air railleur du visage de cet homme. Elle croisa les bras sur sa poitrine, sans se rendre compte que cela ne faisait que relever le bord de son peignoir.

Le regard de Theo fut aussitôt attiré vers ses jambes. Maudite soit cette fille ! Maudite soit-elle de se tenir ainsi debout devant lui et de lui donner envie de tendre le bras vers elle, de l'attirer sur ses genoux… Et maudite soit-elle de parler de son affection pour Demos alors qu'il l'enviait celui-ci à en mourir…

— De l'affection, en effet ! Quel mal y a-t-il à cela, M. Atrides ?

C'était un défi qu'elle n'aurait pas dû lancer. Certainement pas à lui en tout cas. Pas maintenant…

Elle laissa retomber les bras le long de son corps, et le nœud de sa ceinture se desserra un peu. Son peignoir s'entrouvrit alors pour révéler sa peau depuis la creux de ses seins jusqu'à son nombril. Sa chevelure blonde inondait ses épaules, ses yeux magnifiques lançaient des éclairs, sa bouche était douce et pleine…

Theo sentit son corps réagir violemment. Il ne pouvait voulait plus résister. Il ne le voulait plus…

De l'affection ! Elle éprouvait de l'affection pour Demos ! Elle, cette pure incarnation de la volupté, croyait que l'affection suffisait entre un homme et une femme !

Il allait lui apprendre…

Leandra le regardait fixement, les membres soudain lourds comme du plomb. Elle devait bouger. Courir. Fuir. Mais elle ne le pouvait pas. Elle était tétanisée, alors que dans ses veines coulait un feu dévorant…

4.

Il s'approcha et s'arrêta devant Leandra, pétrifiée.

— Ainsi, commença-t-il d'une voix rauque, vous éprouvez de l'affection pour mon cousin !

Son regard avait changé, remarqua-t-elle. L'expression de mépris en avait disparu. Et il était très proche. Beaucoup, beaucoup trop proche. Elle aurait dû reculer, mais elle en était incapable.

Il tendit la main vers elle.

— Mais l'affection ne suffit pas. C'est bien trop banal… Comment ce simple sentiment pourrait-il…

Elle sentit ses doigts frôler sa gorge et faire courir sur sa peau une myriade d'étincelles.

— … égaler ceci ?

Le souffle court, Leandra sentit la main de Theo glisser sur sa poitrine. Malgré elle, ses lèvres s'entrouvrirent tandis qu'elle continuait de le regarder fixement. Elle crut défaillir de plaisir lorsqu'il se mit à caresser ses tétons dressés.

Un vertige sembla alors s'emparer d'elle et pour rien au monde elle n'aurait bougé. Il lui était impossible de renoncer au plaisir infini que cette caresse, si douce et si excitante à la fois, lui procurait…

Et puis, tout s'arrêta.

Comme une lumière que l'on éteint, la sensation s'évanouit. Theo avait retiré sa main. Se sentant brutalement abandonnée, Leandra vacilla.

Theo ne souriait plus, l'éclat dans son regard avait disparu. Il fit un pas vers la table, prit son verre de vin, le porta à ses lèvres et but longuement avant de reprendre la parole.

— Donc…

Theo serra les dents avant de poursuivre. Bon sang ! Il avait été si proche de perdre le contrôle de la situation ! A présent, il devait par tous les moyens se ressaisir.

— … maintenant que nous avons démontré que votre affection pour mon cousin ne vous empêche pas de vous enflammer pour le premier venu, concluons cette affaire une bonne fois pour toutes.

Il se raidit encore un peu plus.

— Prenez votre argent et partez, continua-t-il. J'exige que vous cessiez *définitivement* d'importuner ma famille !

Theo s'en voulait amèrement. Il avait été fou de vouloir prouver que les sentiments de cette femme pour Demos étaient faibles. Lui-même avait été à deux doigts de se laisser emporter par la passion. Il lui avait fallu réunir toutes ses forces pour s'écarter. Pour retirer sa main de sa poitrine…

Décidément, Leandra Ross était source de problèmes. Il le savait depuis leur première rencontre, et la quasi-victoire qu'elle avait failli remporter sur lui à l'instant ne faisait que le confirmer. Mais aucune femme ne le manipulerait plus jamais ! Aucune femme ne l'entraînerait là où il ne voulait pas aller. Il en avait fini avec les illusions de ce genre.

Il savait que Leandra s'accrochait à Demos pour sa fortune et rien d'autre. La proposition financière qu'il venait de lui faire n'allait pas tarder à révéler sa vraie nature, il en était sûr.

— Eh bien ? reprit-il, impatient d'en finir. Vous n'obtiendrez rien d'autre que l'argent que je vous propose, Mlle Ross. Cette somme compensera largement votre perte de liberté au cours des dernières heures, ainsi que les privilèges dont vous avez profité en tant que maîtresse de mon cousin. Je le répète, mon offre est de cent mille livres sterling.

Il donna à sa voix une intensité plus menaçante.

— Je vous suggère d'accepter sans discuter.

Il se tut tandis qu'elle continuait à l'observer sans réagir. Ses yeux étaient vides de toute expression.

Elle lança enfin :

— Et moi, je vous suggère de me montrer d'abord cet argent.

— Très bien.

Il quitta la pièce et gagna son bureau au bout du couloir. Lorsqu'il revint quelques instants plus tard, elle était toujours à la même place, immobile comme une statue.

Sous le choc, Leandra regarda Theo lui tendre un morceau de papier, de la taille d'un chèque. Elle le prit et y jeta un simple coup d'œil. Puis, elle le déchira en morceaux minuscules qu'elle laissa filer entre ses doigts.

— Vous…, commença-t-elle.

Les yeux de Theo se plissèrent de colère.

— … êtes l'être humain le plus *vil* que j'aie jamais vu. Comment *osez-vous* me proposer de l'argent ? J'ai peine à croire que Demos et vous ayez le moindre gène en commun ! Comment peut-il être apparenté à une personne aussi méprisable que vous ?

Elle hoquetait de fureur à présent.

— Vous êtes un individu abject et répugnant !

Sur ces dernières paroles, elle sortit de la pièce en claquant la porte.

Une fois seul, Theo Atrides regarda les morceaux de son chèque éparpillés autour de lui. Il se sentait envahi par une colère immense. Et par la plus totale incrédulité.

S'étant réfugiée dans sa chambre, Leandra s'effondra sur son lit. Elle était furieuse et blessée jusqu'au plus profond de son âme. Quel homme odieux ! Il avait essayé de l'acheter et comme il ne parvenait pas assez vite à ses fins, il avait cherché à la séduire… Mais elle ne devait plus penser à cela. Ni à la façon dont elle était restée figée devant lui, comme une poupée de chiffon, et l'avait laissé la caresser…

Rien n'y faisait, elle se haïssait pour son attitude. Comment diable son corps avait-il pu la trahir ainsi et se laisser envoûter par un homme tel que Theo Atrides ? Un homme qui utilisait sa fortune pour résoudre ses problèmes, sans le moindre état d'âme ! Un homme qui croyait que les femmes pouvaient s'acheter. Qui croyait qu'il pouvait l'acheter, *elle* !

La honte céda bientôt la place à la fureur dans son esprit. Tant mieux ! Eprouver de la haine et du mépris envers Theo Atrides était moins perturbant.

Elle arracha le peignoir de soie et le jeta en boule dans un coin de la chambre. Le cœur serré, elle se mit au lit et se recroquevilla sous le drap.

Les rayons du soleil caressaient la terrasse. En cette heure matinale, un parfum d'automne flottait déjà dans l'air, malgré la latitude tempérée. Des gouttelettes de rosée brillaient comme autant de diamants sur les plantes aromatiques qui bordaient les allées, et sur la vigne qui couvrait le patio.

Theo Atrides contemplait son domaine. Ce n'était qu'une

fraction de sa richesse mais il y tenait beaucoup. Il l'avait découvert des années plus tôt, à une époque où il avait énormément souffert. C'était bien avant la mort terrible de ses parents, de sa tante et son oncle.

Aujourd'hui, c'était l'endroit où il se réfugiait lorsqu'il avait besoin de solitude. Depuis qu'il avait été contraint de reprendre la direction de Atrides Corporation, l'île constituait un véritable havre où il jouissait de la plus totale intimité pour vivre en secret ses aventures sentimentales, aussi brèves qu'agréables, les seules qu'il s'autorisait désormais.

Elles avaient été nombreuses à venir ici. Des femmes de son monde. Des femmes fortunées. Des héritières, de riches divorcées, des stars de cinéma, des top-modèles, des cantatrices... Des femmes sur la discrétion desquelles il pouvait compter, qui comprenaient qu'il ne leur offrait qu'une aventure, sophistiquée et agréable certes, mais aussi éphémère que les vagues qui se brisaient sur le sable. Auraient-elles souhaité davantage qu'elles ne l'auraient pas obtenu.

Les visages de toutes ses conquêtes se mêlaient dans sa mémoire.

Un pli barra son front alors qu'il contemplait la mer, si calme, si paisible en ces premières heures du jour. Il était pourtant une femme dont le visage ne se mêlerait jamais à ceux des autres. Une femme qui n'appartenait pas du tout à son monde.

Telle une seconde Aphrodite surgie des profondeurs secrètes de la mer, elle prit forme dans son esprit. Elle était d'une si grande beauté qu'il en eut le souffle coupé.

Il secoua la tête. Il devait absolument se ressaisir. Non, elle n'était pas faite pour lui ! C'était impossible !

Paie-la et débarrasse-t'en !

Son visage se crispa. Elle avait refusé son argent. Pourquoi ?

Pourquoi avait-elle agi de la sorte ? Essayait-elle de lui soutirer davantage ? Ou s'était-elle vraiment sentie blessée par son offre ?

Une fois apparue dans son esprit, cette pensée ne voulut plus s'en aller. Pourtant, Theo refusait de toutes ses forces que Leandra puisse se sentir insultée parce qu'il lui proposait cent mille livres pour renoncer à Demos et ne pas porter plainte contre Milo. Il refusait l'idée qu'elle soit capable de la moindre moralité ! Il la voulait vénale.

Pourquoi ? Pourquoi lui importait-il tant de pouvoir la mépriser ? La réponse lui apparut soudain comme une évidence : ressentir du mépris pourrait peut-être l'empêcher d'éprouver du désir...

Leandra enfila ses vêtements. Ils étaient froissés et pas très propres mais elle s'en moquait. Ce n'était certainement pas ça qui l'empêcherait de quitter l'île !

Avec détermination, elle se concentra sur cette seule pensée réconfortante : dans quelques heures, elle serait à Athènes, puis en route pour Londres.

Elle fit son lit, vérifia que la salle de bains était en ordre, ramassa son sac et sortit sur la terrasse. Elle attendrait là que Theo Atrides apparaisse, et puis elle ne le quitterait plus d'une semelle jusqu'à ce qu'elle soit assise dans l'hélicoptère !

Le soleil déjà haut dans le ciel était chaud sur sa peau. Une vague de regret, aussi soudaine que brève, l'assaillit à l'idée de s'en aller. Elle se reprit. Quelle que soit la beauté des lieux, elle devait partir. Dès que possible.

Theo Atrides était déjà assis à la table du petit déjeuner, dressée sur la terrasse. Il lui tournait le dos, son téléphone à l'oreille. Sa main libre gesticulait en des mouvements rapides tandis qu'il admonestait son malheureux interlocuteur avec des paroles laconiques et brutales.

Qu'importe ! Elle n'avait aucune envie de lui parler. Elle voulait simplement prendre son petit déjeuner.

Sans lui accorder le moindre regard, elle s'approcha et s'assit, se versa du café et se beurra une tartine avant de porter obstinément le regard vers la plage et la mer.

Sur un dernier ordre sans appel, Theo mit fin à la communication et posa son téléphone.

Il soupira. Comme s'il avait besoin d'un problème supplémentaire ! Le directeur général de la filiale américaine venait de démissionner de façon tout à fait inopinée. Il allait donc devoir passer la journée à dénicher un remplaçant et répondre à une cohorte de journalistes financiers, analystes boursiers, investisseurs institutionnels et clients majoritaires, tous désireux de savoir comment il gérait la situation !

Le visage sombre, il comprit cependant qu'il était assis face à un problème plus grand encore. A en juger par la façon ostentatoire dont elle l'ignorait, Leandra Ross était manifestement toujours remontée contre lui…

« Autant résoudre cette situation sur-le-champ ! » décida-t-il.

— Mlle Ross…

Le ton de sa voix était si pressant que Leandra obtempéra et se tourna vers lui sans même s'en rendre compte.

Il avait le visage fermé. Elle se figea à son tour. Non, elle ne se mettrait pas en colère cette fois-ci. Elle resterait calme et digne, quelles que soient les provocations de cet homme. Et parfaitement concentrée sur son but ultime : quitter cette île au plus vite.

Ce qui ne saurait tarder, conclut-elle avec soulagement en

constatant que Theo Atrides avait revêtu son costume trois pièces : il allait sûrement passer du tarmac à un rendez-vous d'affaires de la plus haute importance. C'était parfait ! Cela voulait dire qu'ils allaient partir d'un instant à l'autre.

Elle soutint son regard.

— Vous avez eu toute la nuit pour réfléchir à votre comportement, dit-il. Veuillez comprendre que je ne peux, ni ne veux, perdre davantage de temps. Je vais rédiger un autre chèque. Vous m'obligeriez en l'acceptant sans une autre crise de nerfs. Dès notre arrivée à Athènes, vous signerez les documents que mon avocat a rédigés. Ensuite, vous regagnerez Londres où vous pourrez encaisser le chèque.

Crispée, Leandra rétorqua :

— Je n'accepterai aucun argent de votre part, M. Atrides. Rien de ce que vous pourrez dire ou faire ne me fera changer d'avis.

Elle prit une moue moqueuse avant de continuer.

— Cependant, je suis disposée à signer tous les documents que vous souhaitez, attestant que votre grand-père a fomenté mon enlèvement. Et il ne vous en coûtera pas un sou !

Elle posa un coude sur la table et le considéra avec aplomb.

— Voyez-vous, M. Atrides, je n'ai pas très envie que mon nom s'étale à la une des journaux… ce qui ne manquera pourtant pas d'arriver une fois la police informée de mon kidnapping.

A cette seule pensée, Theo sentit son sang se glacer dans ses veines.

— Par ailleurs, reprit-elle, je ne céderai à aucune de vos tentatives pour mettre un terme à ma… relation… avec votre cousin. Cette décision lui appartient et ne vous regarde nullement. Je comprends que cela soit difficile pour vous d'admettre que votre immense fortune ne peut pas tout acheter. Dans le cas présent, vous avez perdu !

Theo l'écoutait sans l'interrompre, les yeux rivés sur elle. Elle était posée, calme et… digne. Pourtant, la dignité n'était pas un terme qu'il associait d'ordinaire aux femmes comme elle. Et cependant, avec ses vêtements fripés et ses cheveux attachés sur la nuque, elle avait la dignité d'une aristocrate, d'une reine. Qui refusait son argent.

L'argent révélera sa vraie nature !

Le leitmotiv cynique de Milo résonna une nouvelle fois dans sa tête.

Elle aurait dû accepter son chèque. Mais ce n'était pas le cas. Elle avait refusé son argent.

— Très bien, dit-il en hochant la tête.

Il ne voulait pas en dire davantage. Il prit la cafetière, se resservit, puis leva les yeux vers elle, feignant de découvrir qu'elle ne l'avait pas quitté des yeux.

— C'est tout ? demanda Leandra.

Il but une gorgée de café et reposa la tasse.

— Quoi d'autre ? fit-il mine de s'étonner.

Leandra se sentit gagnée par la confusion. L'attitude détachée de Theo était si étrange… Puis, elle se ressaisit. S'il voulait que les choses soient ainsi, soit !

— A quelle heure partirons-nous ? Je suis prête. Je n'ai pas de bagages à faire, souligna-t-elle tout en résistant à l'envie de paraître trop sarcastique.

— Je m'en irai très bientôt, affirma Theo Atrides, mais vous ne m'accompagnez pas.

Leandra se figea.

— Que voulez-vous dire ? Bien sûr que je pars avec vous !

Il secoua la tête.

— J'ai bien peur que ce ne soit plus possible, répliqua-t-il de sa voix distante et froide. Vous avez décliné mon offre. Or vous ne pouvez pas retourner vivre chez Demos pour l'instant. Mon grand-père s'est installé chez lui. Vous comprendrez, j'en suis sûr, que ce serait parfaitement impossible pour mon cousin de vous distraire et de veiller en même temps sur son grand-père. En conséquence, vous allez devoir rester ici un peu plus longtemps.

— C'est hors de question !

Il haussa les sourcils.

— Où irez-vous, Mlle Ross, une fois à Londres, si vous ne pouvez pas habiter avec mon cousin ? Si vous aviez accepté mon aide financière, vous n'auriez aucun problème à trouver un logement, si temporaire fut-il. Vous disposez peut-être de revenus personnels ?

Elle ouvrit la bouche pour dire qu'elle avait son propre studio. Mais elle se tut. Il serait bien capable de l'escorter en personne jusque chez elle. Et elle ne voulait surtout pas que Theo Atrides sache quoi que ce soit de sa vie privée.

Si Milo Atrides habitait effectivement chez Demos, elle ne pouvait évidemment pas y retourner. Quant à se réfugier chez Chris, c'était également trop risqué. Elle ne voulait surtout pas attirer l'attention de Theo sur lui…

Que pouvait-elle faire ? Où pouvait-elle aller ?

Faisant mine de prendre son silence pour un assentiment, Theo se leva.

— C'est bien ce que je pensais. Admettez qu'il vaut mieux pour nous tous que vous restiez ici quelques jours. Soyez mon invitée, Mlle Ross ! L'île, comme vous le savez déjà, est magnifique…

D'un geste ample de la main, il désigna les alentours.

— Considérez votre séjour ici comme des vacances. Agathias vous trouvera un maillot de bain. Et maintenant…

Il jeta un coup d'œil à sa montre et l'éclat de l'or brilla à son poignet.

— Veuillez m'excuser. J'ai des affaires urgentes à régler.

Sans se retourner vers la jeune femme, Theo s'éloigna à grandes enjambées vers l'hélicoptère. Il avait fait le plein de carburant le matin même avec l'aide de Yiorgos.

Il procéda aux vérifications d'usage préalables à chaque vol, puisant un certain réconfort dans l'accomplissement de ce rituel qui l'empêchait de penser. Non pas, comme il l'aurait dû, à la personne qui remplacerait son collaborateur à New York, mais à la femme qui l'obsédait : Leandra Ross.

La journée lui parut interminable. Tout d'abord, Theo dut répondre aux inquiétudes de Demos au sujet de Leandra. Se servant de la crise à New York pour couper court à la conversation, il signifia simplement à son cousin que la jeune femme avait décidé de rester sur l'île pour profiter de quelques jours de repos. Bien sûr, il omit de préciser qu'il avait tenté de la soudoyer. Et qu'il avait échoué.

Il reçut ensuite une invitation à déjeuner du père de Sofia qu'il ne put refuser. C'était bien le dernier rendez-vous qu'il souhaitait, mais il ne pouvait opposer une rebuffade de plus à Yannakis Allessandros, après toutes celles de Demos. Et pour couronner le tout, sa fille l'accompagnait !

Jolie et dotée d'un naturel docile, Sofia resta silencieuse tout le temps que son père discuta affaires avec Theo.

— Quelle merveilleuse épouse elle fera, n'est-ce pas ?

s'enthousiasma le père de la jeune fille. Demos est un sacré veinard !

Theo acquiesça, désireux de plaire à Yannakis. Il assura gentiment à Sofia que Demos viendrait bientôt demander sa main.

Puis il s'était éclipsé le plus vite possible.

La passivité de Sofia n'avait en rien amélioré son humeur. Il s'était surpris plusieurs fois pendant le déjeuner à la comparer à la jeune femme qu'il avait laissée sur son île le matin même, et dont les yeux lançaient des éclairs. Quelle erreur pourtant de penser à Leandra ! Dans son esprit, il ne cessait de la revoir vêtue de ce peignoir de soie trop court.

Theo fronça les sourcils. Imposant le silence à son directeur financier d'un geste de la main, il se pencha vers son assistante et, à voix basse, lui donna quelques instructions. Le visage impassible, celle-ci quitta aussitôt la pièce. Sans transition, Theo se retourna vers ses interlocuteurs.

Il pressentait que le mal était fait. Leandra Ross avait envahi sa conscience et il ne parvenait plus à s'en débarrasser. Il avait besoin de la voir ou, au moins, de penser à elle. Que faisait-elle en ce moment ? Se dorait-elle au soleil sur la plage ? La vision de la jeune femme lascivement étendue sur le sable surgit devant lui. Nue, elle l'attendait...

Il repoussa brusquement cette vision et dissimula la réaction de son corps en s'agitant sur son fauteuil.

Lorsque enfin le choix du nouveau directeur de la filiale américaine fut arrêté, il poussa un soupir de soulagement. D'un bond, il se leva et rassembla ses documents épars sur le bureau.

— Messieurs, veuillez m'excuser. Un rendez-vous urgent. Je vous remercie de votre collaboration.

Il quitta son bureau à grandes enjambées. Il avait un rendez-vous urgent, en effet. *Très* urgent.

Elle était là. Exactement comme il l'avait imaginée. Enfin, presque. Elle n'était pas entièrement nue. Quelques centimètres de tissu couvraient encore son corps adorable… un détail insignifiant.

Elle était profondément endormie, comprit-il en voyant la régularité avec laquelle son torse se soulevait et se baissait. Sans bruit, il s'approcha. Un instant, il resta immobile à la contempler. Une vague de plaisir et de satisfaction l'assaillit. Il avait trouvé la solution…

Leandra Ross avait refusé son argent. Elle avait admis n'éprouver que de l'affection pour Demos. Il verrait donc jusqu'où allaient ses sentiments. Et elle ne tiendrait pas la distance, il était prêt à le parier. La façon dont elle faiblissait chaque fois qu'il s'approchait d'elle le prouvait déjà.

Theo sourit avec une satisfaction. Il savait exactement ce qu'il devait faire et il allait commencer dès maintenant. Il allait lui montrer qu'elle lui était destinée… Et quand il aurait achevé ce qu'il mourait d'envie de faire depuis la première fois où il l'avait vue, elle ne retournerait jamais vers Demos. Jamais.

Leandra rêvait. Le sommeil s'était emparé d'elle à peine s'était-elle allongée sur le sable doux. Le calme absolu de l'île apportait à son esprit torturé l'apaisement dont il avait besoin. Contrairement à Theo, elle avait passé une journée agréable, son indignation initiale d'être abandonnée cédant progressivement la place à la décontraction. Theo Atrides était parti

— et son carnet de chèques avec lui. Il n'y avait donc aucune raison qu'elle n'en profite pas pour récupérer de la tension et de l'angoisse accumulées.

Après avoir, en dépit des vigoureux signes de protestation d'Agathias, participé aux diverses tâches domestiques, elle avait déjeuné sur la terrasse. Puis elle avait choisi le moins révélateur de tous les Bikini griffés que lui avait proposés la gouvernante avant de se diriger vers la plage.

Son rêve s'était formé à partir d'images brouillées qui se bousculaient dans son esprit. Sa leçon de danse, son enlèvement… Le rugissement des pales de l'hélicoptère semblait réel. Soudain, elle se mettait à courir pour fuir un danger invisible auquel elle risquait de succomber. A bout de souffle, elle finissait par trébucher et chuter sur le sable. La peur d'être pourchassée s'évanouissait aussitôt. La menace avait disparu, comme si elle n'avait jamais existé.

A la place, le murmure d'une voix douce comme du miel l'emplissait d'une langueur apaisante. C'était merveilleux… Presque réel… Des doigts caressaient son dos. Elle se détendait totalement, toute la tension la désertait tandis qu'une infinie plénitude l'enveloppait.

Les mains douces et sensuelles suivaient la courbe de son dos, s'éloignaient comme l'écume de la mer, puis revenaient sur sa nuque.

Un léger soupir s'échappa de ses lèvres.

Les doigts souples et habiles écartaient à présent ses cheveux, touchaient le lobe de ses oreilles, glissaient dans son cou, effleuraient ses joues.

Dans son rêve, Leandra sentit une ombre se pencher sur elle, faisant obstacle au soleil chaud, et elle eut un frisson instinctif et involontaire. Puis un baiser doux et apaisant, lent et sensuel, fut déposé sur son épaule.

Leandra ouvrit les yeux. Elle ne rêvait pas. L'ombre au-dessus d'elle était réelle, bien trop réelle : Theo Atrides était allongé paresseusement à ses côtés et lui caressait le dos.

Comme électrifiée, elle se redressa brutalement. Le haut de son Bikini, qu'elle avait dégrafé, gisait sur la serviette. Elle était les seins nus devant lui...

5.

Un long moment, insupportable, Leandra resta à genoux, nue jusqu'à la taille, à quelques centimètres à peine de Theo qui, nonchalamment allongé sur le côté, contemplait sa poitrine. Enfin, elle réussit à recouvrer assez ses esprits pour se lever avec maladresse, serrant le drap de bain contre elle. Puis elle se précipita en courant vers la villa.

Elle passait la porte-fenêtre de sa chambre lorsque Theo la rattrapa, immobilisant ses bras derrière elle et coupant court à sa fuite éperdue.

— Allons ! lança-t-il d'une voix suave et enjouée. Je ne voulais pas vous faire peur !

C'en était trop. Ainsi, il trouvait la situation risible ? Elle s'arracha à son étreinte et s'effondra au bord du lit, en larmes. Dire qu'elle l'avait cru parti… Alors qu'en réalité, il attendait son heure, tapi dans l'ombre, pour revenir la harceler au moment où elle s'y attendait le moins.

Ses larmes redoublèrent. Penchée en avant, elle hoquetait en s'agrippant à sa serviette.

Theo la considérait sans bouger. Toute sa bonne humeur s'était évaporée. Pourquoi se mettait-elle dans tous ses états ?

Il détestait voir pleurer les femmes. Elles recouraient toujours à ce stratagème pour obtenir ce qu'elles voulaient de

69

lui, contre son gré. Et elles sanglotaient avec un tel… brio ! Quelques larmes brillant comme des perles à leurs paupières, un petit reniflement délicat par-ci, quelques hoquets à fendre le cœur par-là, un léger tapotement des yeux avec un mouchoir en dentelle et, pour parachever leur œuvre, un déchirant « Oh, Theo, comment peux-tu être si cruel ? ».

Et quand il cédait, ô miracle, les larmes cessaient. Ce n'étaient alors que sourires, gloussements et des « Theo chéri » à n'en plus finir.

Il fronça les sourcils. Leandra, elle, ne pleurait pas comme les autres femmes. Les larmes inondaient ses joues. Ses yeux ne brillaient pas comme des perles, ils étaient rouges et gonflés. Son menton tremblait de façon disgracieuse. Et elle n'émettait pas non plus ces petits reniflements et sanglots délicats. Bien au contraire !

Enfin, progressivement, les sanglots de la jeune femme s'apaisèrent. Sans réfléchir, Theo plongea la main dans la poche de sa veste et en sortit son mouchoir. Il le déplia et s'approcha d'elle.

— Tenez, dit-il d'une voix irritée.

Les doigts tremblants, elle s'en empara sans lui accorder le moindre regard et essuya ses yeux d'un geste vigoureux avant de se moucher. Puis, elle essuya ses joues du revers de la main.

Theo éprouvait quelque chose d'étrange, mais il n'était pas sûr de savoir quoi. C'était une émotion qui ne lui était pas familière. Et puis, tout devint clair. Il éprouvait de la peine pour elle.

Il se sentit faire un pas vers elle avant de s'arrêter net.

Il venait de prendre conscience de ce qu'il s'apprêtait à faire : sécher les dernières larmes sur ses joues et l'attirer dans ses bras. Pas pour l'embrasser. Pas pour la caresser. Simplement pour la consoler. Pour lui dire que tout allait bien, qu'il était désolé et qu'il n'avait pas voulu lui faire du mal.

Cela le stupéfia. Quand avait-il étreint une femme pour la dernière fois, par affection, par gentillesse ? Il ne s'en souvenait pas.

— Pourquoi avez-vous pleuré ? demanda-t-il.

Sa question fut plus brutale qu'il n'en avait eu l'intention. Un instant, il crut qu'elle allait flancher de nouveau, mais elle se ressaisit.

— Parce que je vous déteste, lança-t-elle avec force. Ne me laisserez-vous donc jamais la paix ?

Theo resta un instant interloqué avant de sourire.

— Si vous voulez qu'un homme vous laisse tranquille, *pethi mou*, vous ne devriez pas vous enflammer dès qu'il vous touche. Ni vous exhiber nue…

Avec stupéfaction, il la vit s'empourprer violemment. Il la dévisagea, complètement abasourdi. Rougir semblait tellement déplacé pour une personne telle que Leandra Ross !

— Pourquoi rougissez-vous ? s'étonna-t-il. Parce que je vous ai vue nue ?

Leandra ferma les yeux quelques instants avant de les rouvrir.

— Parce que je suis gênée ! dit-elle précipitamment.

Elle se sentait anéantie. Aurait-elle traversé une tempête de force dix qu'elle ne se serait pas sentie plus épuisée…

Que diable faisait-il ici ? se demanda-t-elle une fois encore. Pourquoi était-il revenu ? Pourquoi n'était-il pas à Athènes, ou n'importe où ailleurs ? Il ne lui avait jamais dit qu'il reviendrait.

— J'ai quelque chose à vous dire, annonça-t-il alors.

Theo inspira pour réunir ses forces. Présenter des excuses allait à l'encontre de sa nature. Cela lui arrivait rarement…

car il n'avait jamais rien à se reprocher. Mais dans l'immédiat, les circonstances l'exigeaient.

— Je voudrais m'excuser.

Ce n'était pas tout à fait vrai. Mais il savait qu'il devait le faire. Et si, en échange, Leandra Ross consentait *enfin* à se comporter en femme sensée au lieu de l'affronter en permanence, alors c'était une amende honorable qu'il était tout disposé à faire.

Il la regarda et fronça les sourcils. Les lèvres entrouvertes, cramponnée à son drap de bain, son mouchoir froissé dans les mains, Leandra ne l'avait pas quitté des yeux. Sa rougeur s'estompait, mais elle affichait sur son visage une expression qu'il ne connaissait pas. Il l'observa attentivement. Etait-elle une fois encore sur le point d'exploser dans l'une de ses colères incontrôlables ? Il n'avait jamais rencontré une femme aussi émotive. Mais, cela ne durerait pas. Bientôt, très bientôt, Leandra Ross ronronnerait comme une chatte sous ses caresses…

— Vous excuser ? s'écria-t-elle. Vous voulez vous excuser ?

— En effet ! acquiesça-t-il, la voix tendue.

Il prit une profonde inspiration et poursuivit.

— Je vous ai offert de l'argent et vous vous êtes sentie insultée. Comprenez-moi, ce n'était pas mon intention. J'ai simplement pensé que ce serait une solution que vous pourriez… envisager. De toute évidence, je me suis trompé. Considérons donc cette affaire close.

Voilà, cela suffirait ! se dit-il. Rapidement, il passa à la suite.

— Vous avez dit ne rien avoir à vous mettre. J'ai donc remédié à cette situation. Une fois que… vous vous serez rafraîchie… vous pourrez faire votre choix parmi les quelques effets que je vous ai apportés.

Il consulta sa montre.

— Peut-être voudrez-vous me rejoindre pour prendre un verre disons… dans une heure, sur la terrasse ?

Il gagna la porte et se retourna. Raide comme un piquet, elle n'avait pas bougé.

— Leandra, dit-il doucement, détendez-vous, je vous en prie. A partir de maintenant, il n'y aura plus de conflits entre nous. Je vous le promets.

Il soutint son regard. Elle était vraiment émouvante, avec cette expression désemparée et lasse sur le visage.

— Faites-moi confiance.

Il sortit de la pièce.

Lui faire confiance ! Leandra hésita entre fondre de nouveau en larmes et pousser un effroyable juron. Comment pourrait-elle jamais lui faire confiance ? Autant se fier à son pire ennemi !

Elle secoua la tête. Elle était exténuée et déconcertée. Que devait-elle faire ? Un long moment encore, elle resta immobile. Et puis, avec un profond soupir, elle décida de prendre une douche.

Comme une somnambule, elle gagna la salle de bains.

La caresse de l'eau sur sa peau la réconforta et elle puisa un apaisement certain dans le simple fait de se savonner et de laver ses cheveux.

Qu'allait-elle faire ? Theo Atrides était revenu et, sans être voyante, elle se doutait des raisons de son retour. La petite scène sur la plage lui en avait donné un avant-goût. Qu'avait-il prévu ? Il avait échoué à l'acheter avec de l'argent : tenterait-il de la séduire ? S'il croyait qu'elle allait « oublier » Demos dans ses bras, alors il se trompait lourdement.

Elle regagna sa chambre et se figea sur le pas de la porte.

Agathias s'affairait à déballer ce qui ressemblait à une

garde-robe complète. D'innombrables cartons et sacs vides de maisons de haute couture s'entassaient à présent sur le lit. Le visage radieux, la gouvernante se tourna vers Leandra, et lui montra d'un geste les magnifiques vêtements, ainsi qu'un énorme vanity-case posé sur la commode. Puis, avec un sourire, elle rassembla les vêtements sales de Leandra, lui fit comprendre qu'elle allait les laver et sortit.

Stupéfaite, Leandra ne fit pas un geste pour l'arrêter.

Douché, rasé de près et en tenue décontractée, Theo sortit d'un pas léger sur le patio. Il était d'excellente humeur. Certes, Leandra avait réussi à le troubler avec son numéro de larmes très réussi mais il devait reconnaître qu'elle avait eu son lot d'épreuves. C'était terminé à présent. Comme il le lui avait dit, plus aucun conflit ne les opposerait.

Machinalement, il vérifia la température de la bouteille de champagne dans le seau à glace. Quelle robe du soir choisirait-elle ? se demanda-t-il soudain. Il en avait demandé plusieurs et, dans la mesure où les boutiques de luxe qu'il appréciait ne proposaient pas le genre de tenue indécente qu'elle portait le soir du gala, elle serait magnifique quoi qu'elle choisisse.

Il inspira une profonde bouffée de l'air vespéral, se réjouissant d'avance des heures à venir. Tout était si calme, si paisible… Seules les stridulations des grillons retentissaient. Theo porta le regard vers la mer qui disparaissait peu à peu dans l'obscurité croissante. Qu'est-ce qu'un homme pouvait attendre de mieux, dans un endroit aussi paisible, que la compagnie d'une femme splendide…

Un bruit de pas attira son attention. Impatient, il se retourna.

Que diable portait-elle ?

Pas une robe du soir en tout cas. Leandra approcha encore et il découvrit qu'il s'agissait d'un paréo. L'imprimé en coton la couvrait de la taille aux chevilles. Et au lieu du haut de Bikini qui aurait dû l'accompagner, elle avait enfilé une chemise de coton à rayures blanches et bleues, aux manches longues et au col relevé, plus justement destinée à compléter un pantalon corsaire. Quel étrange accoutrement !

Il fronça les sourcils. N'avait-elle donc aucun goût ? Ce n'était pas le pire. Elle avait en outre dissimulé sa chevelure sous un foulard dont les motifs juraient avec ceux du paréo. Et elle ne portait pas la moindre trace de maquillage.

Leandra eut presque envie d'éclater de rire en voyant le visage de Theo se décomposer. Il avait pensé, cela ne faisait aucun doute, qu'elle revêtirait l'une de ces robes moulantes, échancrées et décolletées qu'il avait si obligeamment apportées. Idéales pour quelques caresses en fin de soirée. Eh bien, il n'y aurait plus la moindre caresse, ni quoi que ce soit d'autre, d'ailleurs.

Elle gagna la table et prit place en jetant un coup d'œil dédaigneux sur la bouteille de champagne. Avait-il prévu de la soûler ?

— Je regrette beaucoup, M. Atrides, lança Leandra d'une voix tendue, mais le champagne ne me dit rien. De plus, j'ai le regret de vous informer que je refuse d'être votre joujou pour les vacances. Je porte les vêtements que vous m'avez fournis *uniquement* parce que je n'ai pas les miens ici, et je se suis venue dîner *uniquement* parce que je ne tiens pas à mourir de faim. Je n'apprécie pas votre compagnie et je compte bien la subir aussi rarement que possible. Est-ce clair ?

Son menton s'était relevé dans un air de défi tandis qu'elle parlait.

Un menton très volontaire, apprécia Theo. Avec une fossette

minuscule qu'il mourait d'envie d'embrasser. Cependant, il l'avait écoutée sans l'interrompre, se maîtrisant pour ne pas sourire. Seigneur ! Quelle comédienne ! Elle l'amusait beaucoup. Les minauderies, roucoulades et œillades des femmes qui l'avaient précédée semblaient en comparaison bien ennuyeuses.

— Je dois avouer que je suis soulagé de savoir que votre choix vestimentaire étrange avait un objectif précis, déclara-t-il. Et puisque le champagne ne vous agrée pas, dites-moi ce que vous voudriez boire.

— De l'eau minérale, répliqua-t-elle.

Leandra réalisa qu'il s'empêchait de rire et cela la mit en colère. Il n'était pas censé lui rire au nez.

— Naturellement, acquiesça-t-il d'un air narquois. Si vous voulez bien m'excuser.

Il disparut dans la salle à manger et revint avec une bouteille fraîche et un verre.

— J'ai choisi de l'eau pétillante. Pour aller avec vos yeux.

Une fois encore, Leandra vit les coins de sa bouche se relever imperceptiblement. Elle aurait préféré qu'il soit furieux, comme il l'était généralement envers elle. Pas seulement parce qu'elle n'appréciait pas qu'il se moque d'elle, mais surtout parce que, quand Theo Atrides laissait la bonne humeur illuminer son visage, cela le rendait encore plus séduisant qu'il ne l'était déjà…

Elle le foudroya du regard.

— Passons à table, voulez-vous ? annonça-t-il.

Il se leva et l'invita à se joindre à lui. Avec raideur, elle le précéda dans la salle à manger. Au moins, il ne profiterait pas de sa nudité ce soir ! pensa-t-elle avec une ironie désabusée. Les vêtements qu'elle avait choisis juraient entre eux, elle le savait, mais son but avait été de couvrir son corps et ses cheveux autant que possible.

Elle mangea de bon cœur. Le déjeuner était loin et l'air de l'île semblait lui ouvrir l'appétit.

Au cours du repas, elle se surprit plusieurs fois à observer son hôte. Le pull de cachemire couleur olive épousait son torse musclé et sublimait son teint hâlé. Elle détailla son visage, son nez aquilin, sa bouche sensuelle. Ses yeux noirs comme la nuit avaient une étrange lueur. A croire qu'il pouvait lire ses pensées et qu'il s'en amusait.

— Parlez-moi de vous, Leandra, demanda-t-il lorsque Agathias fut sortie de la pièce après leur avoir servi le dessert. Etes-vous originaire de Londres ?

Soudain, le bungalow sur la côte sud où elle avait grandi surgit dans la mémoire de Leandra. Elle en avait hérité à la mort de ses parents et le louait à présent pour les vacances, afin de compléter ses maigres revenus d'actrice débutante.

— Oui, mentit-elle.

Elle ne voulait pas que Theo Atrides apprenne quoi que ce soit à son sujet.

— Dans quel quartier ?

— Euh… vous ne connaissez pas.

— Dites toujours.

Elle haussa les épaules.

— Pourquoi ? Cela ne vous intéresse pas.

— Cela s'appelle une conversation, *pethi mou*. C'est ce que font les gens lorsqu'ils dînent ensemble.

— Je ne dîne pas avec vous. Je suis seulement assise à la même table que vous.

Theo serra les lèvres pour ne pas rire. Décidément, dompter la jeune femme allait être délicieux…

— Donc, vous êtes de Londres. Et… aimez-vous voyager ?

— Uniquement lorsque je le décide, rétorqua-t-elle d'un ton faussement mielleux.

Il ignora son sarcasme.

— Je dois me rendre à New York la semaine prochaine. Peut-être aimeriez-vous m'accompagner ?

Leandra s'immobilisa, la fourchette à mi-chemin de sa bouche.

— A New York ? répéta-t-elle, stupéfaite.

— C'est exact. Venez avec moi.

Il ne la quittait pas des yeux.

— Non, merci.

Il sourit. Comme si ce refus ne l'avait pas même ébranlé.

— Paris répondrait peut-être davantage à vos attentes ? Ou Milan ? Là-bas, dit-il, vous pourriez choisir vos vêtements vous-même, puisque ceux que je vous ai apportés ont échoué à vous satisfaire.

Elle secoua la tête, refusant de mordre à l'hameçon.

— La semaine prochaine, je serai à Londres avec Demos.

Pour l'heure, l'existence d'un amant, même imaginaire, lui semblait la meilleure des protections… Car en dépit de sa défiance et de sa détermination à ne pas succomber aux charmes de Theo Atrides, Leandra se sentait faiblir. Cet homme était dangereux. Et ce soir, alors qu'il semblait avoir abandonné toute hostilité à son égard, il l'était d'autant plus.

— Naturellement !

L'éclat de son regard le trahit : il trouvait sa réponse amusante.

Elle aurait voulu qu'il soit de nouveau insupportable afin de pouvoir le détester. Mais non, il était désormais calme, maître de lui. Comme s'il était certain de pouvoir la séduire.

Et s'il y parvenait, serait-ce si important ?

Non, elle ne devait pas laisser Theo Atrides la séduire. A quoi pensait-elle donc ? Elle tendit la main vers son verre de vin et but une longue gorgée.

Quand elle reposa son verre, elle vit que le regard de Theo était posé sur elle. Tout amusement en avait disparu. A la place, une seule et unique émotion brillait dans ses yeux : le désir…

Pendant un moment qui lui sembla durer une éternité, elle garda son regard rivé au sien. Entre eux circulait quelque chose de si puissant qu'elle se sentait défaillir.

Il hocha la tête lentement.

— Dites tout ce que vous voulez, Leandra, commença-il de sa voix grave et profonde. Mais vous pourriez être vêtue de guenilles que je vous désirerais toujours. Et je vous aurai dans mon lit.

— Non, M. Atrides, murmura-t-elle. Vous ne m'aurez pas.

L'amusement brillait dans les yeux de Theo, atténuant quelque peu leur sombre et dangereuse intensité.

— Appelez-moi par mon prénom. Habituez-vous à l'utiliser car avant que l'aube ne se lève…

Sa voix baissa encore.

— … vous le crierez encore et encore jusqu'à ce que nous soyons tous les deux épuisés.

La vision surgit dans l'esprit de Leandra. Elle vit leurs corps entremêlés et exténués après une étreinte passionnée.

— Pourquoi lutter Leandra ? Je ne suis pas votre ennemi. Je ne l'ai jamais été. Vous n'avez rien à craindre de moi, je vous assure. Je veux seulement vous donner du plaisir. Quel mal y a-t-il donc à cela ?

Quel mal ? pensa-t-elle, désespérée de se sentir faiblir si dangereusement. Mais tout ! Alors, pourquoi son cœur s'emballait-il ainsi ?

— Cessez de lutter et laissez-moi vous donner le plaisir dont vous avez tant envie.

Sa voix était si sensuelle… Leandra sentait le feu courir dans ses veines et lui ôter toute capacité de penser. Elle essayait de lutter. En vain. Le piège de ses yeux noirs s'était refermé sur elle et elle était perdue…

A quoi bon lutter contre lui ? Contre elle-même ? Depuis ce jour où elle avait posé les yeux sur lui, Theo Atrides avait allumé en elle une flamme qu'elle ne pouvait éteindre.

Elle avait essayé pourtant. De toutes ses forces. Elle avait essayé de le détester et de le mépriser. De le repousser et de l'ignorer. Mais cela n'avait servi à rien, elle le savait à présent.

Theo Atrides la tenait captive.

Il lui sourit. Un sourire lent et entendu. Il devait sentir son désir pour lui, il devait deviner qu'elle était en train de rendre les armes.

— Votre petit numéro m'a bien amusé, Leandra. Mais le divertissement est terminé. Allez vous changer. Faites-vous belle pour moi. Et rejoignez-moi dans le salon. Agathias nous y servira le café avant de nous laisser seuls.

Il était si sûr de lui, se dit Leandra. Si certain qu'elle allait lui obéir et se laisser séduire. Non, c'était trop facile !

L'indignation lui rendit soudainement sa raison.

— Non, répondit-elle d'une voix qu'elle espérait ferme. Je ne crois pas que les choses vont se passer ainsi, M. Atrides.

Délibérément, elle n'avait pas utilisé son prénom.

— Je vais me retirer à présent. Bonne nuit.

Elle se leva et repoussa sa chaise avec calme. La tête haute, ses chaussures martelant les dalles, elle se dirigea vers la porte.

Mais quand elle passa à côté de lui, il la saisit par le poignet.

6.

Leandra essaya de se dégager mais Theo la retenait fermement. Il se leva et l'obligea à se tourner pour lui faire face.

— Cessez de fuir, murmura-t-il. Cessez de lutter, cessez de jouer avec moi.

Il y avait une intensité dans sa voix qu'elle n'avait encore jamais entendue. Surprise, elle leva les yeux. Il était si proche qu'elle pouvait sentir le parfum musqué et viril de son après-rasage.

— Lâchez-moi ! protesta-t-elle.

Elle se débattit encore et il finit par desserrer son étreinte. Ses doigts se mirent alors à courir sur sa peau, lui procurant un délicieux frisson. Elle aurait dû s'éloigner à présent. Mais elle n'en fit rien. Tout simplement, elle ne le pouvait pas. Les yeux noirs de Theo la retenaient bien plus captive que ses doigts autour de son poignet…

De sa main libre, il l'obligea à lever le menton. Son pouce glissa alors le long de sa mâchoire jusqu'au lobe de son oreille. Elle frémit. Une à une, elles sentait ses défenses tomber.

— Oui, cessons de jouer, murmura Theo en faisant courir son pouce sur les lèvres de la jeune femme jusqu'à ce qu'elles s'entrouvrent avec un léger soupir.

Leandra sentait son cœur battre à tout rompre dans sa poitrine.

Il l'attira plus près de lui. Impuissante, elle le regardait fixement. Il posa une main sur son épaule, l'autre sur sa hanche puis sur la courbe de ses reins avant de s'arrêter sur ses fesses.

Il la plaqua alors fermement contre lui.

Sentant la dureté de son sexe dressé, Leandra eut un hoquet de surprise.

— Comprends-tu à quel point j'ai envie de toi ? Alors, va vite te faire belle pour moi. Et avant de revenir, sublime ta beauté avec ceci…

Il s'écarta et Leandra, désemparée, se sentit abandonnée. Que lui arrivait-il ? Pourquoi se tenait-elle là, comme prise de vertige, et avide de se donner à l'homme qui exerçait un tel pouvoir sur elle ?

Il ouvrit un tiroir et en sortit un écrin long et étroit, qu'il lui tendit.

— Pour toi, Leandra. En hommage à ta beauté. En témoignage de mon désir.

Comme hébétée, elle restait immobile.

Elle lui appartenait désormais, Theo le savait, et un intense soulagement le submergeait. La lutte était finie. Bientôt, elle serait dans ses bras et il jouirait alors enfin de ce qu'il attendait si ardemment depuis des jours et des jours…

Leandra ouvrit l'écrin et découvrit, sur un lit de velours, un pendentif en diamants délicieusement ciselé. Il retenait la lumière et brillait de mille feux. Comme dans un rêve, elle se vit prendre le bijou. Elle leva les yeux vers Theo.

Tout ce qu'elle avait nié ces derniers jours la submergeait à présent. Elle avait *éperdument, désespérément* envie de lui.

Elle le regarda longuement. Il l'observait intensément lui aussi. Il attendait.

Un froid glacial saisit alors Leandra. Une brutale prise de conscience, teintée d'un certain mépris pour elle-même, l'enveloppa. Elle sentit les diamants aux lignes pures peser lourdement dans sa main. Pour Theo Atrides, elle n'était qu'un objet dont il voulait profiter. Rien de plus.

Lentement, elle referma le poing sur le bijou, les arêtes dures des pierres s'enfonçant dans sa paume, comme si cette douleur pouvait anéantir celle qui oppressait son cœur.

— Porte-le pour moi, répéta Theo Atrides de sa voix traînante, satisfaite et impatiente.

Alors, Leandra lança le collier à travers la table. Puis, avec un sanglot, elle s'enfuit en courant.

Le clair de lune inondait la chambre. La nuit était très avancée et Leandra dormait profondément. Debout à côté du lit, Theo la contemplait.

Sa beauté, pendant le sommeil, était absolue. Ses cheveux blonds se répandaient sur l'oreiller et ses longs cils ombraient ses joues diaphanes.

Une intense douleur emplissait Theo. Les questions, sans répit, s'enchaînaient dans son esprit. Pourquoi la désirait-il autant ? Pourquoi le hantait-elle ? Et pourquoi le fuyait-elle systématiquement ?

A tout cela, il n'avait aucune réponse…

Sombre et préoccupé, il quitta la chambre.

Le lendemain matin, Lenadra enfila son jean et son T-shirt, qu'Agathias avait lavés. Celle-ci lui servit le petit déjeuner sur le patio, mais ce fut à peine si elle parvint à lui adresser un sourire de remerciement. Elle ne réussit pas non plus à avaler la moindre bouchée. Une profonde tristesse l'emplissait.

Enfin, alors que le soleil inondait le jardin et réchauffait les allées, elle entendit Theo approcher. Agathias s'empressa de le servir et, avec un hochement de tête entendu, débarrassa le plateau auquel Leandra avait à peine touché.

Il s'assit. Elle avait attendu qu'il arrive et à présent, elle ne parvenait pas à lui adresser la parole.

Il rompit le silence le premier.

— Leandra…

Tremblante, elle leva les yeux vers lui.

— Dites-moi ce que j'ai fait. Quel crime ai-je commis cette fois ?

Il semblait sincère, et c'était pire encore.

— Garder le silence ne nous sera pas d'un grand secours, insista-t-il. Si vous ne me dites rien, je ne pourrais pas savoir.

Elle sentit la colère l'envahir de nouveau. Ainsi, il pensait qu'il n'avait rien à se reprocher ! Acheter les gens faisait manifestement partie de ses habitudes…

— Disons que j'apprécie peu d'être achetée, que ce soit avec des bijoux ou avec un chèque.

Le visage de Theo s'assombrit.

— Je n'essaye pas de vous acheter ! Vous m'insultez !

— *Moi*, je vous insulte ? Grands dieux ! Vous me tendez un bijou pour me séduire et vous ne considérez pas cela comme une insulte ?

— Bien sûr que non ! Je vous ai offert ce collier parce que je savais qu'il vous irait à ravir. Je vous ai apporté les vêtements pour la même raison. Votre beauté exige d'être mise en valeur.

Une lueur de rage s'alluma dans le regard de Theo.

— Etiez-vous aussi susceptible lorsque Demos vous a offert ces somptueuses boucles d'oreilles que vous arboriez au gala de charité ?

Leandra s'apprêta à nier, mais elle se ravisa. Comment avouer que la parure avait été louée pour la soirée ?

— Je vois ! s'exclama Theo. Mon cousin vous offre des diamants et vous les acceptez volontiers. Le même geste de ma part, et vous vous sentez insultée !

Leandra se redressa sur son siège.

— Naturellement ! Vous m'insultez en permanence. J'ai peine à croire que vous soyez le cousin de Demos !

— Qu'importe, puisque vous ne l'aimez pas. Vous l'avez admis, rétorqua-t-il d'une voix accusatrice.

Elle lui lança un regard furieux.

— Non, je ne l'aime pas. Mais je l'apprécie beaucoup et j'éprouve une grande tendresse pour lui.

— La tendresse est pour les faibles.

— Taisez-vous ! Demos a plus de qualités que vous n'en aurez jamais. Il est *gentil* et plein d'égards pour autrui.

La voix de la jeune femme était montée d'un ton.

— Reprenez vos bijoux et vos robes de grands couturiers, M. Atrides, et allez donc les offrir à celles qui les voudront, qui les considéreront plus importants que la gentillesse ou la considération. Et ne me parlez pas de sexe ! Je me fiche que vous surpassiez Casanova ! Je n'ai pas envie de vous !

Theo plissa les yeux. Il ne voulait pas l'entendre chanter les louanges de Demos, ni dénigrer les cadeaux qu'il lui faisait. Et, par-dessus tout, il ne voulait pas l'entendre nier le désir qu'elle éprouvait pour lui.

— Je saurai vous faire changer d'avis, *pethi mou*…

— Et ensuite, vous me donnerez une autre de vos babioles pour me récompenser ? C'est tellement plus *délicat* qu'une liasse de billets ! Les hommes qui achètent leurs relations sexuelles me rendent malade.

Un soupir d'exaspération échappa à Theo.

— Je n'avais pas du tout l'intention de vous offenser. D'après mon expérience, les femmes adorent être parées de bijoux. Elles n'en pensent pas pour autant que je les paye pour coucher avec elles.

— Probablement parce qu'elles sont riches elles aussi.

— Oui, sans doute. Mais le fait est que je ne vous offrais pas un bijou en échange d'une nuit avec vous. Maintenant…

Il leva une main.

— Je vous en prie, considérons que cet incident est clos. Qu'aimeriez-vous faire aujourd'hui ? demanda-t-il d'une voix radoucie.

— Rentrer chez moi ! répondit-elle du tac au tac.

— C'est impossible, vous le savez.

— Alors, partez !

— Il se trouve que nous sommes sur *mon* île. Ecoutez…

Il inspira profondément avant de poursuivre.

— Ecoutez, Leandra, ne pourrions-nous pas conclure une sorte de… trêve ? J'aimerais, si cela est possible, passer une journée paisible. Aussi, accepteriez-vous de ne pas vous mettre systématiquement en colère ?

— Cessez donc de me poussez *systématiquement* à bout !

— Soit ! soupira-t-il. De mon côté, je m'efforce de ne plus vous agacer. En contrepartie, vous acceptez mon offre d'armistice. Celle-ci n'implique aucun cadeau, Leandra, rien qu'une journée de détente ensemble.

Elle l'observait d'un œil suspicieux.

— Alors ? insista-t-il. Marché conclu ?

Il lui tendit la main.

Lentement, avec précaution, comme si elle franchissait un pas qui allait entièrement changer sa vie, Leandra glissa sa main dans celle de Theo.

— D'accord, dit-elle. Une trêve. Mais ne prenez pas une trêve pour une capitulation !

Un large sourire se dessina sur le visage de Theo.

— Une capitulation ? Oh, non, *pethi mou* ! Lorsque vous capitulerez, je vous assure qu'il n'y aura aucune confusion possible.

Avant qu'elle ait pu protester, il leva la main pour lui intimer le silence.

— Et pour l'instant, affirma-t-il, je me contenterai d'une trêve.

Leandra virevolta devant la psyché. La robe bain de soleil était absolument ravissante et féminine. Même griffée par un grand couturier, elle était d'une agréable simplicité et Leandra ne trouvait rien à redire.

Sauf qu'elle la portait à la demande de Theo Atrides.

Une trêve, découvrait-elle, impliquait des compromis. Theo lui avait demandé gentiment, très gentiment même, quoique avec une expression d'ironie désabusée sur le visage, de porter une robe parmi celles qu'il lui avait achetées.

Le bain de soleil avait immédiatement attiré son attention. En minaudant, seule devant le miroir, Leandra sentit sa bonne humeur revenir. Elle chaussa une ravissante paire de sandales, surprise que Theo connaisse sa pointure, puis elle gagna la terrasse.

Une délicieuse odeur de pain tout juste sorti du four lui parvint et soudain, elle se sentit affamée. Lorsqu'elle approcha, Theo se leva et avança sa chaise avec courtoisie.

— Puis-je vous dire que vous êtes divine ? demanda-t-il, une expression taquine dans les yeux, comme s'il savait qu'un tel compliment ne manquerait pas de la hérisser.

— Peut-être, rétorqua Leandra, narquoise.

Il lui sourit et leurs regards se croisèrent.

Au cours du déjeuner, elle l'interrogea sur l'île, curieuse de savoir qui y habitait avant qu'il ne l'achète.

— Personne. Il n'y avait que des oliviers et quelques chèvres. La villa est récente. Elle a été construite avec de vieilles pierres provenant d'une ruine que j'avais achetée ailleurs.

Leandra regarda autour d'elle.

— C'est magnifique !

— En effet, acquiesça-t-il.

Mais Theo ne songeait pas à regarder le paysage. Il ne regardait qu'elle.

Cette fille était un vrai caméléon, songea-t-il. De nouveau, elle était une personne différente. Dans cette robe, elle était divine, comme il le lui avait dit. Désirable, bien sûr, et cela comme toujours. Mais plus il la regardait et plus il la convoitait, plus il voulait... davantage.

Et il obtenait toujours tout ce qu'il voulait.

Leandra se sentait de plus en plus confuse en constatant que Theo Atrides déployait des efforts immenses pour lui être agréable. Et qu'il y réussissait parfaitement. Mais d'un autre côté, il était évident qu'il utilisait son pouvoir de séduction comme une arme pour obtenir ce qu'il voulait. C'était là tout le paradoxe. Il remuait ciel et terre pour la charmer. Elle avait beau savoir pourquoi, elle était néanmoins séduite.

Il lui semblait que le Theo Atrides charmeur et courtois qui la contemplait en ce moment était bien plus dangereux que le séducteur arrogant qu'elle avait connu jusqu'alors.

Lorsqu'ils eurent achevé leur petit déjeuner, Theo la quitta brièvement, le temps d'appeler son assistante. Après avoir vérifié que ses affaires se portaient bien, il spécifia qu'il ne voulait être dérangé qu'en cas d'extrême urgence. Puis, il raccrocha et rejoignit Leandra dans la cuisine, où elle aidait Agathias à laver la vaisselle.

Il fronça les sourcils. Jamais il n'aurait imaginé qu'une femme comme elle accepterait de s'occuper des tâches ménagères. Quoi qu'il en soit, la jeune femme avait visiblement séduit Agathias, qui semblait l'accueillir avec plaisir dans son domaine réservé.

— Venez, proposa-t-il à Leandra. Allons nous promener.

La promenade fut délicieuse. Ils parlèrent peu, profitant du silence et du spectacle de la mer d'un bleu azur éblouissant. De temps à autre, lorsque le terrain devenait escarpé, Theo lui prenait la main. Alors, Leandra éprouvait un étrange sentiment de sécurité.

Une fois, il s'arrêta brutalement et sans un bruit lui montra un lézard immobile sur une pierre. Le reptile s'enfuit et ils reprirent leur chemin. Leandra cueillit une branche de thym, qui poussait en abondance, et roula les petites feuilles entre ses doigts pour libérer le parfum.

A la pointe extrême de l'île, ils s'arrêtèrent pour contempler la mer.

— Existe-t-il quelque chose de plus beau ? s'enthousiasma Theo.

C'était une question purement rhétorique et Leandra sut qu'il n'attendait aucune réponse. Il appartient à cet endroit, se surprit-elle à penser. Il appartient à la mer, aux roches d'un blanc éclatant et au soleil flamboyant. A cet endroit hors du temps dont les racines remontaient à des milliers d'années.

Il engloba son domaine entier du regard.

— N'est-ce pas un petit morceau de paradis ? demanda-t-il doucement avant de poser les yeux sur elle.

Ils descendirent ensuite la falaise pour rejoindre la jetée du côté nord de l'île, juste après l'héliport. Là, un puissant bateau à moteur était solidement amarré. Apparu comme par magie, il avait plus certainement été sorti du hangar par Yiorgos, présuma Leandra. Un panier de pique-nique et une canne à pêche avaient été déposés dans l'embarcation.

— Il est temps de prendre la mer, lança Theo. Et de pêcher notre dîner.

Il tendit la main à Leandra pour l'aider à monter à bord, détacha les amarres. Puis, il sauta avec agilité dans le bateau et prit la barre. Il fit ronfler le moteur, s'éloigna de l'embarcadère et se dirigea vers la haute mer.

C'était fabuleux. Les vagues se brisaient sur la coque luisante. Confortablement installée, Leandra s'efforçait de ne pas porter trop souvent le regard en direction de Theo Atrides qui, bien campé sur ses jambes, conduisait le bateau avec aisance. Lorsqu'ils contournèrent l'île par le sud, il se retourna et montra du doigt la villa, nichée dans la végétation. Visiblement heureux, il lui sourit.

Leandra sentit son cœur bondir dans sa poitrine, tout en lui retournant son sourire. Elle n'aurait pas dû être en train de s'amuser avec Theo, songea-t-elle avec une pointe de culpabilité. Mais l'excursion était si grisante ! Elle leva le visage vers la brise, goûtant la caresse des embruns sur ses jambes et ses bras nus. C'était merveilleux !

Theo faisait filer l'embarcation comme une flèche, y trouvant de toute évidence un plaisir extrême. Ayant atteint la pleine mer, il coupa les moteurs. Instantanément, le silence les entoura.

Tandis que Theo mouillait l'ancre et installait les lignes de pêche, Leandra déballa le contenu du panier du pique-nique :

du pain frais, du fromage et de la viande froide, des tomates et des olives, une bouteille de vin blanc frais et, pour le dessert, des pêches et des grenades.

Confortablement installés, ils mangèrent de bon cœur. Pendant ce délicieux repas, Leandra ne pouvait s'empêcher d'observer à la dérobée le corps musclé de Theo.

En sentant sur lui les regards furtifs de la jeune femme, Theo sentit son corps réagir avec violence, et il se demanda s'il pourrait respecter les restrictions qu'elle lui avait imposées. Non, il le sentait. Alors pourquoi ne pas prendre possession de ce corps merveilleux, ici, maintenant, sous le ciel bleu, sur le bateau qui ondulait agréablement ? L'idée était séduisante…

Une des lignes de pêche se tendit soudain et son attention fut distraite.

Lorsqu'ils repartirent vers l'île, un peu plus tard, plus lentement cette fois, Leandra renversa la tête en arrière, laissant ses cheveux voler dans la brise et ses doigts fendre l'eau. Elle se sentait si bien. Calme et détendue. Comme si elle avait enfin évacué toute la tension.

Quel paradis ! se dit-elle en fermant les yeux. Elle leva le visage vers le soleil, oubliant qu'elle n'était pas en Grèce de son plein gré et qu'elle n'avait jamais voulu être en compagnie de Theo Atrides.

Alors que le bateau contournait le cap, elle se plut à regarder Theo manœuvrer. L'embarcation obéissait à chacun de ses changements de barre.

— Ça a l'air facile ! s'exclama-t-elle. Je peux essayer ?

Theo jeta un coup d'œil par-dessus son épaule et réduisit la vitesse.

— Approchez.

Il positionna les mains de Leandra sur la barre, lui fit sentir la puissance du bateau sur les remous, puis, lentement, il relâcha la manette des gaz.

— Allez droit vers le soleil, conseilla-t-il.

Il resta debout derrière elle, son large corps l'encadrant, leurs jambes écartées pour garder l'équilibre. Elle sentait ses cuisses contre les siennes, son dos contre son torse.

Percevant l'excitation de la jeune femme, Theo poussa de nouveau la manette des gaz. Puis, il reposa les mains sur les siennes.

La mer, le soleil et l'écume de mer les entouraient. L'eau frappait la coque qui fendait la mer. Leandra sentait ses cheveux battre son visage. Il n'y avait plus que la vitesse, une vitesse grisante.

Décidant qu'ils avaient suffisamment dépassé l'île, Theo coupa les gaz et le bateau s'arrêta.

Précipitamment, Leandra s'écarta et retourna s'asseoir.

— Eh bien ? demanda Theo.

— Fantastique ! s'écria-t-elle. Tout simplement fantastique. Merci !

Il lui décocha un coup d'œil sardonique.

— J'ai donc réussi à trouver un moyen de vous donner du plaisir, *pethi mou*.

Il plongea son regard intense dans le sien. Quelques instants, un silence total les entoura tandis que le bateau oscillait doucement dans le soleil couchant.

Quelque chose se passa entre eux. Leandra le sentait sans savoir de quoi il s'agissait. Quelque chose de si puissant que le souffle lui manqua.

Non ! Pitié, non ! Je ne pourrais pas le supporter ! Faites que cela n'arrive pas !

Et pourtant… Elle était en train de tomber amoureuse de Theo Atrides. Et elle était absolument incapable de résister.

7.

Ils regagnèrent l'île en silence. L'attente avait remplacé le bonheur insouciant de la journée. L'atmosphère entre eux était à la fois tendue et teintée d'une étrange intimité, bien que pas une seule fois il ne l'ait touchée.

En proie à la plus grande confusion, Leandra aida Theo à amarrer le bateau, à sortir l'équipement de pêche et le panier de pique-nique et, ensemble, ils se dirigèrent vers la villa.

Prudemment, elle marchait un peu à l'écart, refusant le moindre contact, même fortuit, avec Theo. Lorsque la villa apparut, celui-ci rompit le silence.

— Je vais porter notre pêche à Agathias. Que diriez-vous d'aller nager ensuite ? Vous me rejoignez sur la plage ?

Le souvenir de ce qui s'était passé entre eux à cet endroit jaillit dans sa mémoire, mais elle s'efforça de l'ignorer.

— Nager ? Oui, d'accord ! Je vous retrouve là-bas.

Elle s'enfuit presque, pressée de s'éloigner.

« J'aurais dû m'en douter ! » soupira-t-elle avec exaspération quelques minutes plus tard, alors qu'elle examinait la collection de maillots de bain apporté par Theo. Des Bikini, plus minuscules les uns que les autres ! Nager avec Theo Atrides n'était peut-être pas une si bonne idée...

Mais elle ne pouvait résister à l'envie de se baigner. La brise venue du large avait tourné et la chaleur était devenue étouffante.

Le disque doré du soleil baissait dans le ciel, mais le sable sous ses pieds était encore chaud. Leandra regarda autour d'elle. Theo n'était pas encore arrivé. Soulagée, elle posa sa serviette, retira son T-shirt et s'élança vers les vagues.

Quelques allers-retours énergiques le long de la baie la délassèrent agréablement. Au moment où elle allait regagner la plage, des remous s'agitèrent derrière elle : en quelques mouvements puissants et réguliers, Theo la dépassa.

Par défi et par jeu, elle se lança à sa poursuite et bien qu'il la battit de plusieurs longueurs, elle se révéla néanmoins une rivale acharnée. Parvenu à l'extrémité de la baie, Theo se hissa sur un gros rocher plat.

— Prenez ma main, offrit-il pour l'aider à sortir de l'eau.

Hors d'haleine, Leandra grimpa à son tour sur le rocher et s'assit à ses côtés. Theo éclata de rire.

— Quelle excellente nageuse ! Mais je ne veux pas trop vous épuiser, *pethi mou*.

Ses yeux se firent rieurs.

— Je veux que vous gardiez votre énergie pour plus tard.

Soudain furieuse, elle se redressa et lui lança un regard courroucé. Mais lorsqu'elle croisa les yeux de Theo, elle frissonna.

— Ne faites pas ça, implora-t-elle soudain.

— Ne faites pas quoi ? demanda-t-il.

Ses yeux ne riaient plus.

— Ne me regardez pas ainsi, dit-elle dans un souffle.

Doucement, il posa un doigt sur sa bouche. Et puis rapidement, furtivement, ses lèvres effleurèrent celles de Leandra.

La seconde d'après, il était parti. Réalisant un plongeon parfait, il disparut sous les flots azurés et regagna la plage en fendant l'eau.

Il ne se retourna pas une seule fois. Le soleil couchant jetait un halo de lumière sur son corps puissant et souple. Il ramassa une serviette sur le sable, la jeta autour de son cou et s'éloigna vers la villa.

Restée seule sur le rocher, Leandra le suivit des yeux jusqu'à ce qu'il disparaisse. Alors, lentement, avec un étrange sentiment d'impuissance, elle porta la main à sa bouche, là où la sienne avait déposé le plus merveilleux des baisers.

Ce soir-là, Leandra revêtit l'une des robes que Theo avait choisies pour elle. D'une grande simplicité et d'une élégance infinie, le fourreau de mousseline de soie couleur azur, brodée de fils d'or, se nouait aux épaules par de fines lanières. A partir du drapé de l'encolure, il tombait jusqu'à ses chevilles.

Theo ne se trouvait pas sur le patio. Elle l'aperçut sur la plage et le rejoignit. Les mains au fond des poches, il regardait vers le large, vers le soleil couchant. Une bouteille de champagne reposait dans un seau à glace, sur le sable.

Leandra esquissa un sourire. Lorsque Theo se tourna vers elle, son sourire s'évanouit. Jamais encore elle n'avait vu pareille expression dans son regard.

Une expression de désir ardent. Brut et immense.

Un long moment, leurs yeux échangèrent ce message que Leandra ne pouvait désormais plus nier. Et puis, avec un léger sourire, Theo la libéra de son regard magnétique et saisit la bouteille de champagne qu'il déboucha d'un mouvement sec.

Il emplit deux coupes du liquide doré et pétillant.

Ils s'assirent sur le sable, sans parler, se laissant envelopper par l'humeur du moment, regardant le soleil glisser dans la mer comme de l'or en fusion coulant au bord de l'univers. Les jambes délicatement repliées sous elle, Leandra se tenait à bonne distance de Theo. Derrière eux, les grillons chantaient dans la végétation.

Après que le dernier ruban d'or se fut déployé au bord de l'horizon et que le soleil se fut couché, ils s'attardèrent encore un moment. Puis, lentement, Theo se leva et lui tendit la main. Un bref instant, elle glissa sa main dans la sienne et la retira vivement dès qu'elle eut repris l'équilibre.

Toujours sans un mot, ils regagnèrent la villa.

Agathias apporta tout d'abord de savoureux *mezze*, puis le poisson péché dans la journée qu'elle avait fait griller avec du citron, de l'huile d'olive et des herbes aromatiques, et du riz délicatement parfumé en garniture. Pour l'accompagner, Theo servit un grand cru de vin rouge.

Ils échangèrent des propos anodins. C'était presque comme dans un rêve, pensait Leandra. Le champagne lui faisait un peu tourner la tête. Comme un bateau qui a rompu ses amarres, elle avait l'impression de dériver vers une destination inconnue.

A la fin du repas, Theo se leva et lui tendit la main.

— Venez.

Une fois encore, elle accepta sa main, la lâchant dès qu'elle fut debout. Ils gagnèrent le salon où un bon feu flamboyait dans la cheminée. Le café avait été servi sur la table basse.

Intérieurement, Leandra se sermonna : « Tu bois ton café et tu vas te coucher. Immédiatement ! »

Elle s'installa à un bout du sofa tandis que Theo versait le café. Il portait ce soir une chemise et un pantalon noirs. Si elle avait fait de son mieux, tout au long du dîner, pour ne pas l'observer de façon trop insistante, à présent, elle ne pouvait plus s'empêcher de le regarder, de voir comment le tissu était tendu sur ses cuisses, comment les poignets retournés de sa chemise laissaient apparaître ses puissants avant-bras et comment son col ouvert révélait son torse hâlé…

Elle but une autre gorgée du verre de vin, qu'elle avait apporté. S'enivrer n'était peut-être pas très avisé, mais cela l'aidait à rester dans ce léger brouillard, où la réalité semblait des plus lointaine.

Theo posa une tasse de café devant elle et s'assit à son tour. Bien qu'à l'autre bout du sofa, il semblait dominer l'espace. Inconsciemment, elle s'écarta un peu plus, redoutant leur proximité.

Elle regarda les flammes qui craquaient dans l'âtre. Il n'y avait plus que Theo et elle. Le silence les entourait. Les rapprochait.

— A présent, commença-t-il à voix basse, tu dois me dire ce que tu veux, Leandra. C'est le moment de choisir. Tu viens à moi de ton plein gré… Ou bien…

Elle voulut parler, mais en fut incapable. Qu'aurait-elle pu dire ? Aucun mot, aucune logique, aucun bon sens ne pouvait exprimer ce qui se passait entre eux.

— Un silence peut être éloquent, Leandra, murmura-t-il.

Ses yeux noirs la dévoraient.

— Tu dois venir à moi de ton plein gré. Pas autrement. J'ai commis trop d'erreurs avec toi, Leandra. Si tu viens à moi maintenant, ce doit être pour obéir à ce désir, à cette flamme qui brûle entre nous.

Il se pencha vers elle. Leandra ne pouvait plus bouger.

Sans cesser de la regarder, il lui retira son verre des mains et le posa sur la table.

Ensuite, du bout des doigts, il effleura sa bouche. Et ce fut au plus profond d'elle-même qu'elle ressentit les effets de cette caresse évanescente.

— Dis-moi d'arrêter. Dis-moi de ne pas faire ça…

Theo caressa sa lèvre du bout des doigts.

— Ou ça…

Il glissa la main sur sa nuque.

— Ou ça…

Il l'attira contre lui sans qu'elle lui oppose la moindre résistance.

— Ou ça…

Il couvrit sa bouche de la sienne. Son baiser fut un véritable délice, si doux que Leandra crut en mourir. Il la fit se lever et la serra contre son corps musclé et puissant.

Alors, Theo appuya son baiser, forçant sa bouche veloutée à s'ouvrir pour qu'il pût en goûter la saveur délicieuse. La main dans sa chevelure dorée, il la tenait serrée contre lui. Il glissa son autre main sous la rondeur de ses fesses et il la plaqua plus fort contre lui.

Il l'entendit gémir de volupté. Un sentiment de triomphe, mêlé d'un profond soulagement, le submergea alors.

Elle était sienne !

Il l'embrassait, tandis qu'elle continuer à pousser de petits gémissements, le visage levé vers lui. Elle avait fermé les yeux. Ses longs cils contrastaient avec sa peau transparente comme une opale. Il sentait la pointe tendue de ses seins à travers la mousseline vaporeuse.

Elle avait posé une main sur sa nuque. De son autre main, elle l'agrippait par la taille.

Il allait enfin la posséder… Elle l'avait tenu éloigné si longtemps… L'urgence du désir montait en lui, et il comprit que s'il ne s'écartait pas rapidement, il n'allait pas pouvoir se contrôler longtemps. Et il ne voulait pas que cela se passe ainsi. Il voulait plus, beaucoup plus.

Lentement, il s'écarta et relâcha son étreinte. Ce fut terrible. Une douleur intolérable le déchira à l'instant où il se sépara de celle qu'il désirait. Il ne rêvait que d'une chose : faire glisser la mousseline sur son corps gracieux, la soulever et entrer en elle, plonger dans sa féminité moite et impatiente. S'enfoncer encore et encore en elle jusqu'à ce que les étoiles explosent et que la jouissance les emporte.

Mais cet instant n'était pas encore venu.

Elle vacilla et il la saisit par les épaules. L'expression de stupéfaction qu'il lut sur son visage le fit presque jubiler.

— Viens, dit-il doucement.

Leandra le suivit sans un mot. Dans la cheminée, le feu mourait doucement.

Il la conduisit à sa chambre. Leandra ne pouvait plus reculer. Pourtant, c'était de la folie. Une pure folie ! Elle le savait au plus profond d'elle-même. Car même si Theo Atrides la désirait, cela ne durerait pas toujours. Peut-être seulement ce soir… Eh bien, se dit-elle, elle se contenterait de la nuit à venir. L'instant présent était tout ce qui comptait. Tout ce qui existerait à jamais.

Debout, face à face, ils se contemplèrent longuement. Le reste du monde n'existait plus. Oui, il n'y avait que cet instant.

— Leandra…

La voix de Theo était basse et rauque. Ténébreux et viril, il la dominait de toute sa taille. C'en était fini de la résistance désespérée qu'elle lui avait opposée. A présent, il la subjuguait.

— Leandra...

Il tendit la main pour caresser sa joue. Puis, il suivit la ligne de sa gorge. Il glissa ensuite sur son épaule nue, le long de son bras et sur la courbe de sa hanche. C'était comme s'il déposait une traînée de feu sur tout son corps. Il poursuivit son exploration, glissant dans son dos et remontant le long de sa colonne vertébrale.

Leandra s'arc-bouta contre lui.

En un mouvement souple, il fit glisser la fermeture de sa robe, et écarta le délicat tissu. La mousseline tomba au sol.

Theo en eut le souffle coupé.

Dans la faible lumière, Leandra se tenait debout devant lui, aussi nue qu'Aphrodite née de l'écume. Et aussi belle. Il buvait du regard, il s'enivrait de cette vision. Oui, il la désirait de tout son être.

Doucement, il posa les mains sur ses épaules, puis les fit glisser le long de ses bras. Il s'arrêta un instant, le temps de la contempler. Ses seins se dressèrent sous son seul regard, avant même que ses pouces n'atteignent ses mamelons impatients qui se durcirent sous ses caresses expertes. Il prit dans ses paumes la rondeur de ses seins.

Il pinça et titilla ses tétons et Leandra ne put retenir un gémissement de plaisir. Et puis, lentement, les mains de Theo glissèrent plus bas. Une onde d'exaltation et d'anticipation se répandit en elle. Elle se mit à trembler.

— Allonge-toi, murmura-t-il d'une voix basse et exigeante. Je veux te contempler.

Leandra s'étendit sur le lit. Son corps était baigné par la lumière nacrée de la lune. Levant un bras au-dessus de sa tête, l'autre reposant contre sa hanche, elle adopta inconsciemment la pose lascive de la femme qui attend son amant. Elle le laissa la contempler. Sous son regard, elle avait soudain conscience du pouvoir de sa féminité. Oui, elle s'offrait à lui. Peu importait que des femmes l'aient précédée : cet instant était le sien. Il la désirait et elle le désirait aussi. Ses mamelons se durcirent de nouveau tandis que le feu courait dans ses veines.

Il se dévêtit, posément, sans signe visible de précipitation. Mais la négligence avec laquelle il laissait tomber ses vêtements à terre trahissait son urgence intérieure. Lorsque son corps fut entièrement nu, elle sentit une onde de plaisir la traverser. Il était magnifique. Dans la pénombre qui soulignait ses muscles et sa peau hâlée, il incarnait le mâle dans toute sa puissance.

Alors qu'elle s'enivrait de sa nudité, elle se sentit envahie par le doute, réalisant qu'il devait la considérer comme expérimentée dans l'art de l'amour. Attendait-il d'elle quelque chose qu'elle ne pourrait lui apporter ? Se sentirait-il trahi en découvrant qu'elle ne pourrait le combler de façon absolue ?

Et puis ses interrogations s'évanouirent lorsqu'il la rejoignit et s'allongea sur elle. Il saisit ses mains et les immobilisa de chaque côté de sa tête. Frissonnante de plaisir, elle sentit son sexe dur contre son ventre.

Ses yeux noirs la retenaient captive, aussi puissamment que son corps.

— A présent, tu es à moi, Leandra…

Un frisson de pure excitation la traversa.

— Que vas-tu faire de moi ? murmura-t-elle, les lèvres entrouvertes.

Il eut un rire de triomphe.

— Ce que je vais faire ? Eh bien… tout ce qui me plaira, absolument tout, souffla-t-il encore avant de prendre possession de sa bouche.

Il tint sa promesse. Avec des caresses expertes, il prépara

son corps à l'accueillir, jusqu'à la faire crier de désir. Il l'amena jusqu'au bord de l'extase, la caressant jusqu'à ce que ses sens ne soient plus qu'une seule flamme de désir.

— Il n'y a aucun risque ? demanda-t-il alors dans un souffle, prêt à la pénétrer.

Aucun risque ? Bien sûr que non ! pensa-t-elle éperdue. Pourtant, se donner à Theo Atrides, c'était bien la chose la plus dangereuse qu'elle avait jamais faite de toute sa vie !

Mais qu'est-ce que le risque avait à voir avec le désir ? Cela allait au-delà de l'entendement, au-delà de la raison. Il s'agissait d'un émerveillement, d'un enchantement. Une émotion qui montait en elle comme une vague immense et qui la submergeait.

— Non, dit-elle dans un souffle. Aucun risque !

Alors il plongea en elle.

Elle l'attendait, les hanches soulevées.

— J'ai envie de toi ! souffla-t-elle, la voix rauque. J'ai tellement envie de toi...

Elle noua ses jambes autour de la taille de Theo. D'une autre poussée, il s'enfonça plus profondément en elle. Puis, il se retira un peu et elle s'accrocha à ses épaules pour le retenir.

Triomphant, Theo plongea de nouveau en elle pour la satisfaire, pour fusionner avec elle. Elle gémit tandis que, encore et encore, il la pénétrait et se retirait, à un rythme toujours plus rapide qui s'accordait aux pulsations du sang dans leurs veines. Et puis dans un crescendo final, le corps de Leandra se contracta autour de lui. Elle renversa en arrière et son cri de volupté déchira l'air, tandis que Theo explosait de plaisir en elle.

Haletante et étourdie, Leandra resta un long moment sans bouger. Puis, ses mains glissèrent sur les épaules de Theo, couvertes de sueur.

Celui-ci se souleva sur les coudes. Seuls les mouvements saccadés de sa poitrine trahissaient son épuisement.

Alors il posa sur Leandra un regard de possession absolue.

8.

Alors que Leandra, étourdie et émerveillée, levait vers lui ses yeux remplis de stupéfaction, Theo déposait des myriades de baisers sur son front, ses tempes, sa bouche… Des baisers qui affirmaient qu'elle lui appartenait désormais.

Soumise, le corps couvert de sueur, Leandra ne bougeait pas. Theo avait posé les mains de part et d'autre de son visage et il l'embrassait, encore et encore. Avec avidité, il s'empara de sa bouche, jusqu'à ce qu'elle entrouvre ses lèvres.

Alors, Theo recommença à bouger en elle. Et comme sa langue allait et venait dans sa bouche, il imprima le même mouvement de va-et-vient à son corps. Leandra gémissait sous ses baisers.

Leur étreinte, cette fois, fut plus lente. Theo voulait qu'elle ressente exactement la jouissance qu'il pouvait lui procurer. Il voulait qu'elle gémisse et le supplie de lui donner cet instant de délivrance que lui seul contrôlait en attendant qu'elle soit prête.

Lorsqu'il la laissa enfin atteindre l'orgasme, cédant à ses demandes haletantes, il plongea en elle et il la laissa jouir de son corps, comme lui du sien.

Ne lui laissant aucun repos, récupérant de sa fatigue plus vite qu'elle, Theo reprit bientôt ses caresses. D'abord douces, elles se muèrent vite en cajoleries sensuelles. Il excita et pénétra sa féminité moite et palpitante.

Eperdue, frémissante, Leandra le retenait de toutes ses forces. Elle s'agrippait à ses hanches et à ses fesses musclées. Ensemble, ils roulèrent sur le lit. Aveuglée par les sensations, elle ne se rendit pas compte immédiatement qu'elle se trouvait à présent sur lui.

— Redresse-toi… Chevauche-moi ! ordonna Theo.

Elle s'assit sur lui, ses cuisses enserrant ses hanches.

— Tu aimes ça, n'est-ce pas ? murmura-t-il d'une voix rauque. Moi aussi, j'aime te donner du plaisir.

Sans effort apparent, il contracta ses muscles abdominaux et se redressa. Son torse était parsemé de gouttelettes de sueur qui accrochaient la lumière.

— Vas-y ! exigea-t-il.

Elle s'exécuta. Les mains nouées à celles de Theo, elle se soulevait et se rasseyait encore et encore sur lui. Et tandis que leur plaisir montait, vague après vague, les yeux de Theo se mirent à briller d'une intensité qu'elle n'aurait jamais soupçonnée. Elle en fut pétrifiée. Une fraction de seconde, elle se figea.

— Ne t'arrête pas… souffla-t-il aussitôt.

Subjuguée, elle obéit, incapable de résister à un ordre si intensément en accord avec son propre désir. Très vite, elle se concentra sur l'intensité des sensations qui fusaient dans son corps.

Elle continua jusqu'à ce que son corps s'embrase.

Pendant que le plaisir explosait en elle, elle vit le visage de Theo se contracter dans la jouissance. Il frissonna. Le voir jouir en elle la rendit soudain exaltée et émue. A cet instant, il était tout puissant et tellement vulnérable… Il la dominait de tout son être et lui était en même temps entièrement soumis.

Une immense tendresse teintée d'émerveillement la submergea.

Alors que le corps de Theo se détendait, elle se pencha, prit son visage entre ses mains, pressa son torse contre ses seins, et le retint tout contre elle. Elle se sentait emplie d'une totale dévotion envers lui, elle voulait l'enlacer et le protéger de sa propre vulnérabilité envers elle.

Ce fut à peine si elle entendit sa voix qui répétait inlassablement…

— Theo, Theo…

Elle se blottit contre lui, les doigts agrippant son visage jusqu'à ce qu'il s'apaise enfin et qu'il pût de nouveau l'enlacer.

Pour toujours. Ou seulement pour cette nuit.

Langoureusement, Leandra s'étira. Le jour s'était levé après cette nuit de ravissement si intense qu'elle avait peine à le croire. Pourtant, elle savait qu'elle n'avait pas rêvé. La nuit avait bien été réelle, envoûtante et torride.

Elle sourit de bonheur.

— Theo…

Elle répéta son prénom comme une incantation.

Comme s'il répondait à son appel, la porte de la chambre s'ouvrit et Theo entra, simplement vêtu d'un peignoir de bain qui couvrait à peine son corps.

Les yeux brillants, elle tendit les bras vers lui et les laissa retomber sur le lit ravagé.

— Oh, je n'ai plus de force ! gémit-elle en riant.

Il éclata de rire et posa sur la table de chevet le copieux petit déjeuner qu'il apportait sur un plateau.

— Je vais te nourrir pour que tu retrouves ton énergie, déclara-t-il malicieusement. Tu en auras besoin bientôt, crois-moi…

Il s'assit au bord du lit. Du bout du doigt, il suivit le contour de son sein nu, dont le téton se durcit aussitôt.

Il rit encore. D'un rire bas, voilé par le désir.

— Très bientôt…, promit-il.

Il trempa des morceaux de pain dans du miel qu'il glissa ensuite dans sa bouche, se penchant vers elle pour lécher ses lèvres, lui refusant délibérément le plaisir d'approfondir leur baiser comme elle en avait tant envie.

Puis, il s'adossa contre les oreillers et elle le nourrit à son tour. Très vite, il glissa une main sur sa nuque et l'attira vers lui.

Une éternité s'écoula avant qu'ils ne refissent surface…

Quand enfin il se leva, Theo contempla un moment la femme allongée dans son lit.

Ses jambes étaient fines et fuselées, sa bouche gonflée, ses seins dressés. Sa peau, douce et brillante de sueur, était marquée par les baisers sauvages qu'il lui avait donnés pendant leur étreinte.

Il n'avait pas connu de femme comme elle depuis longtemps, très longtemps. En vérité, réfléchit-il, il ne se rappelait pas avoir connu une femme qui eût exercé un tel effet sur lui. Une femme qui ne le lassait pas.

Dans sa mémoire, un nom surgit soudain, mais il le repoussa brutalement. Non, la femme qui était maintenant dans son lit, qui avait résisté de toutes ses forces à son désir, ne ressemblait en rien à celle-là. Absolument en rien !

Il repoussa aussi vigoureusement la pensée de son cousin. Demos avait une fiancée. Leandra n'avait plus la moindre place dans sa vie. « Elle est à moi ! » songea-t-il triomphalement.

— Je veux me souvenir à jamais de toi comme tu es là, dit-il d'une voix sourde. Graver cette image dans ma mémoire. Tu es à moi, absolument à moi.

Leandra savourait les mots de Theo. Il avait raison, elle était à lui, totalement. Et pour l'instant, il lui appartenait aussi.

Intuitivement, elle savait que ce n'était qu'un interlude. Un intervalle de temps, aussi bref que précieux, qui durerait tant qu'il la désirerait, jusqu'à ce qu'il se lasse et cherche de nouveaux plaisirs.

Mais cela lui suffisait. La douleur de le perdre viendrait plus tard. Elle endurerait cette souffrance, mais le souvenir de ce qu'elle avait vécu avec lui demeurerait en elle jusqu'à son dernier jour…

Après avoir déjeuné sur la terrasse, ils gagnèrent la plage et là, sous le ciel bleu, il la prit de nouveau avant de la porter, comblée, dans les vagues douces de la mer Egée.

Après avoir voluptueusement nagé dans l'eau tiède et transparente, ils se couchèrent sur le sable chaud, nus sous le soleil, et s'endormirent dans les bras l'un de l'autre.

Lorsqu'ils se réveillèrent, le soleil dardait ses rayons d'or sur la mer turquoise. Heureux, détendus, ils regagnèrent la villa, traversant à pas lents les jardins baignés de lumière.

— Et maintenant, deux fois de suite ! Vas-y ! Tu as dit que tu pouvais le faire !

— Je tiens toujours mes promesses. Ne le sais-tu toujours pas, *pethi mou* ?

D'un mouvement vif, il fit sauter la crêpe, la rattrapa et la relança aussitôt encore plus haut pour la rattraper une seconde fois avec adresse.

De retour de la plage, ils avaient gagné la cuisine et préparé ensemble une pile de crêpes. Assis l'un en face de l'autre sur le patio, ils les garnirent de mets savoureux, et mangèrent avec entrain en riant de bon cœur.

Et puis, ils retournèrent se coucher et Leandra découvrit d'autres façons de satisfaire sa faim.

Tout la nuit, leur fusion fut comme un brasier qui les consuma. Sans cesse, la satiété cédait la place à un désir renouvelé. Encore et encore, Theo emportait Leandra jusqu'au bord du précipice, et plongeait avec elle dans l'extase.

Mais au petit matin, toute leur plénitude fut détruite…

Ils venaient de faire l'amour. Blottie contre Theo, la joue posée sur son torse, Leandra était plongée dans un état de douce torpeur. Un bras glissé autour de ses épaules, Theo la retenait doucement contre lui.

— Dis-moi, demanda-t-il, es-tu déjà allée à New York ?

Elle sourit. Sa main errait sur le ventre musclé de son amant.

— Non, jamais.

— Tant mieux ! se réjouit-il. Je dois m'y rendre la semaine prochaine et tu m'accompagneras.

New York ! Le nom brillait devant ses yeux. D'ailleurs, l'aurait-il invitée sur la planète Mars qu'elle aurait été tout aussi ravie.

Il veut que je l'accompagne !

Aussi éphémère que devait être sa relation avec Theo, savoir qu'elle ne s'achèverait pas tout de suite l'emplissait d'une joie immense et lui procurait un apaisement délicieux.

Il ne s'est pas encore lassé de moi !

— Je vais faire envoyer ton passeport à Athènes. Tu en auras besoin si nous voulons voyager.

Il fronça les sourcils. Le passeport se trouvait certainement dans l'appartement de Demos. Se rappeler que Leandra avait fait partie de la vie de son cousin lui était désagréable. Et puis, son inquiétude disparut. C'était du passé. Elle lui appartenait désormais.

Puis, une autre pensée s'empara de lui. Anodine en vérité, mais qu'il devait aborder néanmoins avant de… Son corps se tendait de nouveau, déjà reposé de la jouissance qui l'avait épuisé quelques minutes auparavant.

— As-tu besoin d'autre chose, Leandra ? Des effets personnels, par exemple ? Je ne parle pas de vêtements, je t'achèterai tout ce que tu voudras. Des contraceptifs peut-être ? Je peux contacter ton médecin pour qu'il renouvelle ton ordonnance ou, si tu préfères, tu peux aller consulter à Athènes.

Délicieusement épuisée, elle leva les yeux vers lui.

— Que dis-tu ? murmura-t-elle, distraite par les sensations qu'il éveillait en elle en la caressant.

— La pilule… en as-tu assez ou dois-tu en racheter ?

Sa peau frémissait de sensations délicates là où les doigts de Theo l'effleuraient légèrement.

Elle appuya sa bouche contre son torse, se lovant un peu plus étroitement contre son corps.

— Mais… je ne prends pas la pilule.

Une main de fer agrippa son poignet. Les caresses avaient cessé.

— Mais alors que prends-tu comme contraceptif ?

9.

La voix de Theo avait changé. Surprise, Leandra releva la tête pour scruter son visage.

Il la considérait avec anxiété et colère. Il était clair qu'il attendait une réponse de sa part.

— Tu m'as dit qu'il n'y avait aucun risque.

Leandra le fixait sans comprendre. De quoi parlait-il ?

— Avant que je te fasse l'amour. Tu m'as dit qu'il n'y avait aucun risque.

Sa voix était cinglante. Soudain, tout fut clair.

De contraception. Il parlait de contraception. Elle n'y avait pas pensé. Elle avait complètement occulté ce problème. Un instant seulement, au cours des longues heures qu'avait duré leur première nuit, elle avait eu conscience que Theo n'avait pas mis de préservatif. Elle savait qu'elle aurait dû lui en parler, mais elle ne l'avait pas fait. Elle avait voulu savourer pleinement leurs étreintes. En outre, elle ne risquait rien pusiqu'elle allait avoir ses règles d'un jour à l'autre. Alors, pourquoi s'inquiéter ?

Brusquement, Theo se leva. Il noua la ceinture de son peignoir d'un coup sec. Quand il se retourna vers Leandra, son visage s'était fermé.

— J'ai été absent de mon bureau trop longtemps, annonça-t-il. Pardonne-moi, mais je vais te laisser seule aujourd'hui.

A grands pas, il gagna la salle de bains et referma la porte derrière lui. Leandra sentit son estomac se nouer. Et puis tout devint clair : Theo était inquiet parce qu'elle ne prenait pas la pilule.

« Bien sûr qu'il est inquiet ! se morigéna-t-elle. Qu'est-ce que tu t'imagines ? Et toi aussi tu devrais l'être ! »

Un profond désarroi, mêlé de honte, la submergea. Comment avait-elle pu être assez stupide pour ne pas réfléchir davantage aux conséquences de ses actes ? Elle avait fait ce qu'aucune femme ne devait jamais faire : avoir des rapports non protégés. Elle avait agi comme la plus écervelée des adolescentes !

Et si elle était enceinte ? Au lieu d'être frappée d'un sentiment d'horreur, le ravissement s'empara d'elle. Enceinte de Theo… Un instant, aussi bref que merveilleux, elle éprouva un tel bonheur qu'elle eut peine à le croire.

Mais son bonheur retomba vite.

Une imbécile, elle n'était qu'une imbécile. Comment avait-elle pu être aussi irresponsable ? Comment vouloir porter l'enfant d'un homme pour qui elle n'était rien de plus qu'une passade ? La réaction qu'il venait d'avoir confirmait d'ailleurs ses craintes. Un homme comme Theo Atrides ne voulait pas que ses conquêtes d'un jour tombent enceintes !

Elle porta le regard vers la terrasse baignée de lumière. Son paradis n'était plus qu'un tas de cendres…

A partir de cet instant, Theo s'enferma dans une politesse froide et distante qu'elle ne parvint pas à rompre, malgré tous ses efforts. Et Leandra se sentait tellement coupable qu'elle pouvait à peine lui reprocher sa réaction.

Il s'en alla sans se retourner.

Après son départ, la journée s'étira, interminable. Leandra

arpenta la terrasse avec nervosité, essaya de se détendre en nageant, mais la tension montait en elle comme un ressort que l'on tend inexorablement. Theo lui manquait déjà. Ses étreintes, son rire… Oui, il lui manquait terriblement.

Une souffrance terrible étreignait son cœur. « Reviens-moi ! supplia-t-elle. Oh, reviens-moi le plus vite possible !»

Lorsque le soleil commença à baisser, elle gagna le plus haut point de l'île et scruta l'horizon, souhaitant de toutes ses forces entendre l'hélicoptère. Et elle repensa à ce premier jour, où elle se tenait assise à la même place, terrifiée parce qu'elle ignorait ce qui était en train de lui arriver.

Sa vie avait tellement changé depuis !

Elle était tombée amoureuse de Theo Atrides.

Oh, bien sûr, elle savait qu'il ne l'aimait pas en retour. Mais elle, elle l'aimait de tout son cœur. Et elle ne cesserait jamais de l'aimer.

Elle porta de nouveau le regard vers le ciel. En vain. Theo ne rentra pas ce soir là.

Le lendemain matin, Leandra était assise sur la terrasse lorsque le bruit de l'hélicoptère lui parvint. Impatiente, elle se précipita vers l'aire d'atterrissage. Mais à sa grande surprise, l'homme qui descendit de l'appareil n'était pas Theo.

— Mlle Ross ? M. Atrides m'envoie pour vous ramener à Athènes, expliqua-t-il poliment.

La mort dans l'âme, le cœur serré, elle acquiesça lentement. En une demi-heure, ses affaires étaient prêtes.

A Athènes, un chauffeur la conduisit à travers les rues grouillantes d'activité jusqu'à un quartier paisible et huppé de la ville. Espérant voir Theo, Leandra ne cessait de regarder autour d'elle. En vain. L'homme qui était venu la chercher sur l'île, et qui était resté avec elle, la fit entrer dans un grand bâtiment anonyme. Une clinique privée, comprit-elle soudain.

Une infirmière vint l'accueillir, poliment mais sans plus d'égards.

Le médecin qui l'examina se montra en revanche plus cordial. Il pratiqua un examen complet, lui posa des questions détaillées et prit des notes. Puis il la confia de nouveau à l'infirmière afin de pratiquer un test de grossesse. Leandra tenta d'expliquer qu'il était bien trop tôt pour obtenir un résultat, mais l'infirmière se contenta de sourire et effectua néanmoins la prise de sang. Résignée, la jeune femme se laissa faire.

Elle retrouva le collaborateur de Theo dans la salle d'attente. Sans se départir de sa courtoisie, il l'accompagna jusqu'à un hôtel de luxe.

— M. Atrides viendra vous voir plus tard dans la journée. Veuillez ne pas quitter l'hôtel, je vous prie.

Puis, il s'en alla, laissant Leandra aux prises avec ses questions.

L'absence prolongée de Theo l'inquiétait au plus haut point, même si elle s'efforçait de se raisonner : il dirigeait un véritable empire, les hommes comme lui travaillaient de longues heures et ne disposaient pas de beaucoup de temps pour le reste… Elle devait simplement attendre qu'il puisse enfin quitter son bureau et lui revienne.

Et quand il arriverait, elle serait prête pour lui…

Pleine d'impatience, elle se plongea dans un bain de mousse et décida de consacrer les heures suivantes à se préparer. Elle allait se faire aussi belle que possible pour Theo.

Leandra regarda son reflet dans le miroir. Ainsi vêtue d'un splendide négligé de soie, elle se sentait beaucoup mieux. Sa chevelure blonde flottait dans son dos. Son maquillage était léger, tout en mettant en valeur sa beauté naturelle.

Lorsque Theo arriverait, elle implorerait son pardon pour s'être montrée aussi négligente au point d'oublier de se protéger. Il lui pardonnerait, elle en était certaine. Il comprendrait que faire l'amour avec lui l'avait tellement envoûtée qu'elle avait oublié tout le reste. Une fois ce malentendu dissipé, il lui sourirait de nouveau. La contrariété quitterait son visage et elle lui appartiendrait encore... Et encore.

Parce qu'elle n'était pas enceinte. Elle en était sûre.

Sur une impulsion, elle commanda une bouteille de champagne auprès du service d'étage. Elle baissa les stores et ouvrit le lit. Theo n'allait plus tarder à présent.

Il arriva en début de soirée. Entendant tourner la poignée, elle se leva, pleine de confiance.

Il s'arrêta sur le pas de la porte. Ses yeux plongèrent dans ceux de Leandra. Un tic nerveux agitait sa joue. Il semblait tendu comme un arc. Et il était follement séduisant.

Incapable de se retenir, Leandra courut à sa rencontre. Privée depuis trente-six heures de sa présence, elle mourait d'envie de le serrer dans ses bras. Elle avait besoin de lui... maintenant !

Elle se serra contre lui, se délectant du contact de son corps musclé et puissant.

— Oh, Theo ! Tu m'as tellement manqué ! cria-t-elle.

Frémissante, elle leva les yeux vers lui. Stupéfaite, elle sentit le corps de Theo se raidir, chacun de ses muscles se contracter. Puis, ses mains enserrèrent ses bras et il la repoussa.

— Non, Leandra... Ne me touche pas.

Sa voix était sourde. Le cœur battant la chamade, Leandra le considérait sans comprendre.

Il referma la porte d'un coup sec et entra dans la suite, augmentant la distance qui les séparait.

— Cela ne sert à rien, Leandra. Tes petites combines ne marchent plus maintenant.

— Mes petites combines ? répéta-t-elle faiblement.

Dans les yeux de Theo, elle ne lisait plus le moindre sentiment.

— Appelle cela comme tu veux, poursuivit-il d'une voix glaciale. Une assurance-vie si tu préfères.

Leandra se sentit envahie par l'appréhension. Que voulait-il dire par là ?

— Theo, je t'en prie, de quoi parles-tu ? Je ne comprends pas ! Ecoute, tu es fâché parce que j'ai été assez stupide pour oublier la contraception. Je suis désolée, sincèrement. C'était imprudent et bête de ma part, je le sais.

Elle essaya de sourire. En vain.

— Mais… Tu m'as fait perdre la tête, Theo, je ne pensais plus qu'à toi.

Sa voix s'altéra. Le visage de Theo restait fermé, impénétrable. Il semblait très fatigué soudain, comme si le poids du monde pesait sur ses épaules.

— Leandra…

Il semblait chercher ses mots.

— … si c'était la première fois… j'aurais pu te croire. Dieu sait que la contraception est bien la dernière chose à laquelle j'ai pensé moi-même !

Il prit une profonde inspiration avant de continuer.

— Mais tu ne peux pas prétendre que pendant deux jours, tu n'y as pas songé ! Nous avons fait l'amour si souvent que tu *dois* y avoir pensé à un moment ou à un autre ! Tu savais parfaitement que je ne mettais aucune protection. Alors pourquoi n'as-tu rien dit ? Pour ma part…

Sa voix se teinta d'une note amère.

— … j'ai cru que Demos s'était assuré que tu prenais la pilule, et cela m'a donné un sentiment de liberté auquel je n'ai pas pu résister ! Je me suis laissé aller à des rapports non protégés avec toi parce que je te faisais confiance, Leandra.

Il serra les poings.

— Et tu m'as trahi.

— C'est faux ! cria-t-elle.

Mais il l'ignora. Son regard se durcit encore.

— Il n'y a qu'une seule explication. Tu as agis délibérément.

Bouleversée, elle secoua la tête.

— Non ! Non, Theo… C'est faux, je te le jure !

Il leva la main avec impatience.

— Leandra, tu n'es pas une adolescente naïve. Tu es une adulte sexuellement très expérimentée. Tu savais ce que tu faisais. Et je suis tombé dans le panneau. Qu'aurais-je pu penser d'autre d'une femme qui vivait avec Demos depuis des semaines ?

— C'est faux ! protesta Leandra d'une voix faible.

Elle ne parvenait pas à croire qu'une erreur aussi banale, aussi stupide, puisse avoir de si terribles conséquences.

— Et à quelles fins m'as-tu trompé, Leandra ? Je ne vois que deux raisons et toutes deux sont impardonnables.

Il la considérait avec répulsion.

— Soit, tu étais déjà enceinte. Soit, tu espérais le devenir.

Un son rauque s'échappa de la gorge de Leandra. Elle secoua la tête.

— Non, Theo ! Non !

— En ce qui concerne la première hypothèse, tu es innocentée. Manifestement, tu ne portes pas l'enfant de Demos, comme je l'avais tout d'abord soupçonné.

Elle le regarda avec incrédulité.

— L'enfant de Demos ? répéta-t-elle.

Etait-ce donc ce qu'il redoutait ? Etait-ce la raison pour laquelle la clinique avait pratiqué un test de grossesse ?

Il haussa les épaules.

— Pourquoi pas ? Si tu avais été enceinte de Demos, ses fiançailles auraient été rompues et tu aurais pu épouser un homme riche qui t'aurait assuré une sécurité financière pour le restant de tes jours.

Leandra restait muette de stupeur. Les paroles de Theo la terrifiaient. Elle essaya de parler, mais il reprit la parole, de ce ton sans passion qui la glaçait.

— Tu n'es pas enceinte de Demos, soit. Maintenant, il ne me reste plus qu'à attendre quelques jours pour voir si ce sort m'est réservé. Etre le père de l'enfant que tu portes.

Elle vacilla comme s'il l'avait frappée. Il sourit avec cynisme.

— Oh, ne sois pas si inquiète ! C'est inutile. Si tu es effectivement enceinte, Leandra, tu auras ton assurance-vie, ne crains rien. Un enfant de moi portera le nom des Atrides, quoi que je puisse penser de sa mère. Je l'aimerai, je le protégerai et je veillerai sur lui. Je t'épouserai, soit rassurée. Et tu vivras dans le luxe. N'est-ce pas une charmante perspective ?

Elle se sentit pâlir. Charmante ? Non, c'était une perspective affreuse ! Epouser Theo parce qu'il n'avait pas d'autre choix, parce qu'il pensait devoir assumer un enfant qu'il n'avait jamais voulu… Quelle abomination !

Leandra secoua la tête. Cela n'arriverait pas. Elle avait pris sa décision en l'attendant. Si elle était effectivement enceinte, elle ne demanderait rien à Theo. Elle retournerait en Angleterre et élèverait seule son enfant. Bien sûr, ce ne serait pas facile, mais elle se débrouillerait. Et elle ne reverrait plus jamais Theo.

Elle le perdrait, lui, mais elle aurait son enfant…

Un sentiment de joie, doux et intense à la fois, l'envahit alors qu'elle s'imaginait portant ce bébé dans ses bras.

La voix cassante de Theo interrompit sa rêverie.

— Si tu as du retard, alors nous ferons pratiquer un second test. Si le résultat est positif, je t'épouserai sans délai.

Sa mâchoire se contracta durement.

— Jamais je n'aurais imaginé battre Demos à la course au mariage, ajouta-t-il. Avec pareille épouse de surcroît !

Leandra tressaillit. Elle devait lui faire comprendre qu'il se trompait. Qu'elle ne l'avait pas manipulé.

Elle fit un pas vers lui.

— Theo, je t'en prie. Ce n'est rien d'autre qu'un accident !

Il eut une moue cynique.

— Un accident ? Non, je ne crois pas. Je connais les ruses des femmes ambitieuses comme toi, mieux que tu ne l'imagines. Crois-tu être la première à vouloir ainsi profiter de la fortune des Atrides ?

La colère et le mépris contenus dans sa voix la firent frémir.

— Cependant, tu es la plus futée, je te l'accorde.

Debout à l'autre bout de la pièce, il la toisait froidement. Entre eux, elle le sentait, il y avait maintenant un immense fossé, infranchissable, et plus rien de ce qui s'était épanoui entre eux ces derniers jours.

— Comme toutes les tricheuses, tu as profité de mes faiblesses, Leandra. Tu as deviné mon mépris pour les femmes qui choisissent leurs amants selon l'importance de leur compte en banque. Alors, tu as pris le risque de refuser cent mille livres afin de jouer plus gros !

Immobile, Leandra se laissa balayer par cette vague d'accusations qui détruisait ce qu'il y avait de plus précieux en elle.

— Et ça a marché, reprit-il. Tu es intelligente, Leandra. Tu m'as travaillé au corps, c'est le cas de le dire...

Elle l'écoutait, le cœur déchiré. Son univers tout entier s'effondrait et elle se sentait malade, désespérée. Tout était allé de travers, absolument tout.

— Tu m'as troublé, tu m'as rendu fou de désir...

La voix de Theo se brisa. Ses yeux étincelaient de fureur.

— Jusqu'où étais-tu prête à aller ? Tu comptais amasser une petite fortune sans même perdre ta jolie silhouette ? Tu pensais peut-être avorter après avoir obtenu de moi le mariage ?

Leandra appuya les mains contre ses oreilles pour ne plus entendre.

— Non ! hurla-t-elle. C'est faux, tout ce que tu dis est faux !

Le visage de Theo restait de marbre pendant qu'elle le regardait avec désespoir. Comment pouvait-il lui dire ces choses ? L'accuser de l'avoir trompé pour lui extorquer de l'argent ? Comment pouvait-il seulement penser ces choses-là après tout ce qui s'était passé entre eux ?

Elle scruta son visage. Il n'y avait aucune trace de l'homme auquel elle s'était donnée avec autant de passion. Aucune trace de celui qui l'avait tenue dans ses bras, serrée sur son cœur... Il n'était plus qu'un étranger. Pire, un ennemi.

— Il ne s'agissait pas de cela, Theo. Je le jure devant Dieu.

Il secoua la tête.

— Cela n'a aucune importance, Leandra. Tout cela n'a plus aucune importance. Une seule chose compte désormais. Portes-tu mon enfant, oui ou non ? C'est tout ce que je veux savoir. Rien d'autre.

122

Il jeta un coup d'œil à sa montre.

— Je dois partir. J'ai un dîner d'affaires, annonça-t-il d'une voix morne. Demain, je m'envole pour Milan. J'y resterai plusieurs jours. Si tu n'as pas tes règles à mon retour, je t'accompagnerai à la clinique pour effectuer un test de grossesse. Ensuite, nous aviserons.

Leandra acquiesça d'un signe de tête, incapable de répondre. Qu'aurait-elle pu dire, de toute façon ?

— Parfait. Si tu veux aller te promener, une voiture est à ta disposition. Ton passeport est arrivé, mais je le garde pour l'instant. N'essaye pas de quitter Athènes, Leandra. Je n'ai pas le temps de te courir après. Quant à Demos…

Sa voix se durcit.

— Ne le contacte pas. Mon grand-père habite toujours chez lui. Son assistante a pour instructions de ne pas passer tes appels, si tu téléphones à son bureau. Sa vie est déjà bien assez compliquée sans que tu l'importunes.

Il prit une profonde inspiration.

— Je crois que c'est tout. Je te souhaite une bonne soirée.

Lorsqu'il passa à côté d'elle, elle sentit l'effluve de son parfum. Il ne la regarda pas avant de quitter la pièce.

Dans le silence de la suite, les larmes se mirent à couler sur les joues de Leandra.

Les portes de l'ascenseur se refermèrent sur Theo. Il se sentait anéanti. Quel imbécile, il avait été ! Il avait cru trouver le paradis et ça n'avait été qu'un mirage. Comme la première fois. Leandra l'avait enchanté, captivé, et il avait cru qu'elle était différente de cette autre…

Or, elle était exactement pareille !

Elle avait nié toutes ses accusations, elle avait feint la

stupéfaction. Et alors ? C'était une femme intelligente, elle savait utiliser ses atouts. Mais elle ne le tromperait plus. Plus jamais. Il avait ouvert les yeux à présent et il voyait clairement dans son jeu.

Le bonheur qu'il avait trouvé avec elle était en miettes. Cette joie libératrice qu'il avait éprouvée et qui avait semblé rompre les chaînes du passé, ouvrant devant lui un avenir qu'il ne croyait plus possible, n'avait été qu'une illusion.

Il aurait tant aimé croire qu'il y avait une raison valable pour que Leandra ne lui ait pas dit qu'elle ne se protégeait pas. Mais il n'en existait aucune. Elle avait agi à dessein, pour lui soutirer de l'argent. Il aurait dû se douter qu'une femme qui avait déjà été la maîtresse d'un homme fortuné serait prête à tout pour s'enrichir aux dépens d'un autre.

Maintenant, il devait faire face à la douleur et à la peine.

Trois jours plus tard, Leandra sut avec certitude qu'elle n'était pas enceinte. Elle appela la clinique, comme prévu, et en informa le médecin qui l'avait examinée la première fois.

Une heure plus tard, le collaborateur de Theo vint la chercher pour la conduire de nouveau à la clinique. Sûrement pour vérifier sa déclaration, se dit Leandra. Sa bonne foi ne suffisait pas.

Lorsque tout fut terminé, elle alla s'asseoir dans la salle d'attente. Le regard vide, comme anesthésiée, elle fixait le mur sans rien voir autour d'elle.

Theo arriva peu après. Le revoir lui fit l'effet d'un coup de poignard dans le cœur.

— Le médecin m'a dit que tu n'étais pas enceinte, commença-t-il en semblant chercher ses mots.

Elle ne répondit pas, se contentant de hocher la tête.

Il semblait mal à l'aise.

— Bien… Leandra…

Il s'interrompit.

— Je veux rentrer chez moi, déclara-t-elle.

Les mots avaient jailli de sa bouche.

— Aujourd'hui. Tout de suite, continua-t-elle. Rends-moi mon passeport. Tu ne peux pas me retenir ici plus longtemps.

Elle vit une émotion fugitive passer sur le visage de Theo. Peut-être de la douleur. Mais elle s'en moquait.

— Je veux m'en aller, Theo. Maintenant !

— Leandra…

Elle bondit sur ses pieds.

— Non ! s'écria-t-elle. Je ne veux rien entendre de ta part. Plus rien. Je sais parfaitement ce que tu penses de moi. Et je ne veux pas rester ici plus longtemps. J'exige de partir !

Il fronça les sourcils.

— Où iras-tu ? Tu ne peux pas retourner chez Demos.

— Oh, ne t'en fais pas ! Demos n'a rien à craindre de moi.

Un moment, elle eut envie de lui jeter la vérité au visage. De lui dire que son cher cousin n'avait *jamais* eu rien à craindre d'elle. A cette idée, un vague espoir s'empara d'elle. Un espoir désespéré. Si seulement elle pouvait dire à Theo que Demos n'avait jamais été son amant, alors peut-être réussirait-elle à le convaincre qu'il n'avait pas le droit de l'accuser comme il l'avait fait.

Mais cet espoir s'évanouit aussitôt. Pour Theo, elle restait néanmoins coupable. Comment pourrait-elle lui prouver qu'elle n'avait pas voulu être enceinte de lui, qu'elle ne cherchait pas un moyen de lui extorquer sa fortune ?

A moins qu'elle ne lui avoue la vérité. Celle qu'elle avait niée tout d'abord mais qu'elle avait dû finir par accepter : elle l'aimait. Oui, elle avait commis la folie de tomber amoureuse de l'homme qui, à présent, l'accusait et la condamnait sans appel.

C'était inutile, se dit-elle. Il penserait simplement que c'était une ruse de plus.

— Si tu as besoin d'argent…, proposa-t-il.

— Non, merci, répliqua-t-elle d'un ton sec.

— Je paierai bien entendu ton billet pour Londres.

— C'est inutile !

Les yeux de Theo étincelèrent.

— Tu n'es pas venue en Grèce de ton plein gré. Il est normal que la société Atrides prenne en charge ton retour.

Exténuée, Leandra ferma les yeux.

— Ça m'est égal. Je veux seulement partir.

Theo fronça les sourcils. Elle avait l'air si défaite qu'il se demanda un moment s'il ne s'était pas trompé à son sujet. Mais il se ressaisit aussitôt. Il n'était pas dupe. Elle ne faisait que jouer un rôle.

L'argent a révélé sa vraie nature…

Les paroles de son grand-père le brûlèrent comme de l'acide. Brutalement, il lança :

— Très bien. Tu peux rentrer chez toi. Tu peux faire ce que tu veux. Etre celle que tu voudras. Piéger un autre imbécile. Quant à moi…

Sa voix se brisa.

— … j'aimerais ne jamais avoir posé les yeux sur toi.

Demos et Chris l'attendaient à Londres. En la voyant, tous deux eurent l'air bouleversés.

— Qu'est-ce que Theo t'a fait, Lea ? s'inquiéta Chris.

Leandra prit la main de son ami et la serra dans la sienne.

— Je vous en prie, dit-elle d'une voix suppliante, ramenez-moi à la maison.

Après le luxe de l'appartement de Demos, dans le quartier de Mayfair, et la beauté majestueuse de l'île de Theo, son petit studio lui sembla lugubre. A l'image de sa détresse...

Pour ne pas perdre la raison, Leandra se jeta dans le travail à corps perdu. Heureusement, les répétitions pour le festival de Marchester avaient commencé et exigeaient une immense concentration de sa part. Son rôle, particulièrement difficile, lui permettait au moins d'endiguer ses émotions à vifs.

Elle mit toutes ses forces à reprendre le cours normal de sa vie. Même si elle sentait que celle-ci ne serait plus jamais comme avant et que sa douleur ne la quitterait jamais. Car un monde sans Theo était un monde désespérément triste et vide.

Il n'y avait plus que dans ses rêves qu'elle pouvait encore le serrer dans ses bras. Même si ses rêves la torturaient. Seule dans son lit, la présence de Theo l'emplissait corps et âme et elle revivait en songe, encore et encore, l'extase sublime de leurs étreintes. Et chaque matin, elle se réveillait en larmes.

Pourtant, le plus difficile restait encore à venir : à la une de tous les magazines people, elle put bientôt voir la plus grande cantatrice du moment, Diana Delado, parader au bras de Theo, son futur mari comme le supposaient les journalistes.

Puis, sans que rien ne vienne alléger son chagrin, l'automne céda la place à l'hiver. Et la première du festival de Marchester arriva.

Chris et Demos vinrent l'encourager avant la représentation.

— J'ai une bonne nouvelle, annonça Demos. Sofia Allessandros est fiancée à un autre et elle semble comblée par le nouveau choix de son père.

Leandra lui sourit avec chaleur.

— Je suis heureuse que les choses se soient arrangées pour elle et pour toi aussi, Demos.

— Et moi, je te remercie une fois encore, du fond du cœur, pour ta gentillesse. Je sais le prix que tu as payé pour m'avoir aidé.

Ses yeux noirs, si semblables à ceux de son cousin, se posèrent sur elle. Mais Theo ne l'avait jamais regardée avec autant de gentillesse...

Le cœur de Leandra se serra.

— Ce n'était pas ta faute, Demos. Seulement la mienne.

Chris toussota avec nervosité.

— Demos veut avouer à Theo que ce n'était qu'une mise en scène, dit-il.

— C'est inutile, répliqua-t-elle d'une voix blanche. Ce qu'il pense de moi n'a aucune importance.

— Theo n'est plus lui-même depuis ces dernières semaines, expliqua Demos. Il est différent. Il est passé par Londres avant de partir pour New York... Il voulait...

Les yeux rivés sur Leandra, il marqua une pause.

— Il voulait savoir si tu étais encore avec moi. Je lui ai dit que non. Il a eu l'air soulagé.

Elle haussa les épaules.

— C'est normal. Après tout, il ne cherchait qu'à nous séparer, n'est-ce pas ?

Envahie par les regrets et l'amertume, elle les pria de cesser de parler de Theo. Elle ne voulait plus jamais entendre prononcer son nom.

Puis, elle changea de sujet.

— Demos, je te remercie de m'avoir aidée à apprendre mon rôle. Je n'aurai jamais réussi sans toi.

— Tout le plaisir est pour moi ! Je te souhaite bonne chance pour ce soir.

— Tu es la meilleure, Lea ! lança Chris.

Une fois la représentation terminée, Demos et Chris revinrent la féliciter chaleureusement, elle et toute la troupe. Leandra était éreintée. Son rôle était épuisant, physiquement et mentalement, mais elle rayonnait de satisfaction : le spectacle était un succès. Le travail acharné qu'elle avait fourni avait payé.

Après avoir fêté l'événement avec ses partenaires, Leandra s'éclipsa pour retrouver Chris et Demos dans la suite d'un hôtel de luxe. Demos déboucha une bouteille de champagne et, lorsqu'ils l'eurent finie, Leandra s'assoupit sur le canapé du salon.

Elle se réveilla tard le lendemain matin, encore grisée par le succès de la veille. Le bonheur infini d'avoir brillamment interprété un rôle si difficile apaisait pour une fois la peine intense qu'elle ressentait quand elle rêvait de Theo Atrides.

Non, elle ne devait plus penser à lui. Mais seulement à la nuit dernière, à ce soir et aux soirs prochains. Son métier comptait plus que tout pour elle. Elle allait s'y consacrer entièrement. C'était tout ce qui lui restait…

Elle prit une douche chaude.

Une demi-heure plus tard, enveloppée dans un peignoir de bain de l'hôtel, elle dégustait un copieux petit déjeuner, pelotonnée sur le lit de Demos. Très élégant dans un pyjama noir monogrammé de soie, celui-ci buvait son café, appuyé contre les oreillers.

Leandra s'étira langoureusement.

— Il faut que je me dépêche, dit-elle en bâillant. Je ne veux pas être en retard.

C'est alors qu'ils entendirent la porte d'entrée de la suite s'ouvrir violemment. Elle jeta un coup d'œil à Demos.

— Tu as appelé le service d'étage ?

— Non, je n'ai rien commandé !

Soudain, la haute silhouette de Theo Atrides apparut dans l'encadrement. La tension contractait son corps tout entier.

10.

Pendant quelques secondes, personne ne bougea. Et puis, d'une voix cassante, Theo Atrides ordonna :

— Habille-toi !

Ses yeux noirs transperçaient Leandra.

Incapable de prononcer un mot, celle-ci le regardait fixement. Son cœur tambourinait dans sa poitrine et elle avait le souffle court. Un mélange inexplicable de peur et de joie montait en elle. Theo était là !

— Habille-toi ! répéta-t-il brutalement. Nous partons.

Ses paroles n'avaient aucun sens… Elle continua à le dévisager, s'enivrant de sa présence, de son corps élancé et puissant, de ses cheveux noirs, de ses yeux sombres, de sa bouche sensuelle, à cet instant serrée comme un étau.

Demos se ressaisit le premier.

— Bon sang ! Mais qu'est-ce que tu… ? commença-t-il.

Theo lui coupa la parole.

— J'emmène Leandra. Elle est à moi, pas à toi. Elle m'appartient. Pour toujours. Je la veux, je la prends. Elle ne retournera pas avec toi. Jamais !

Ses yeux se posèrent de nouveau sur Leandra. Agrippée à son peignoir de bain, incapable de parler, de penser, elle le regardait sans comprendre.

Avec un rire cynique et froid, il s'avança vers elle.

— Je veux que tu me reviennes, lui dit-il simplement. Je ne peux pas vivre sans toi. Pas un jour de plus. Tu auras tout le luxe que tu voudras, tu pourras dilapider toute ma fortune !

Hébétée, comme dépourvue de toute volonté, Leandra ne réagit pas lorsqu'il posa les mains sur ses avant-bras et l'invita à se lever. Sa proximité, son parfum masculin, la firent vaciller.

— Theo… je…

C'est alors que la porte de la salle de bain s'ouvrit d'un coup sec, laissant apparaître Chris, terriblement séduisant avec une simple serviette nouée autour de ses hanches minces. Son torse nu et glabre était encore humide au sortir de la douche.

— Mais qu'est-ce qui se passe ? lança Chris, qui se figea à son tour dès qu'il aperçut Theo.

Un long moment, ce dernier les regarda tour à tour. Chris, puis Demos, puis Leandra. Puis ses mains glissèrent de long des bras de la jeune femme et il recula comme s'il était en présence de quelque chose de répugnant.

Enfin, il quitta la pièce en claquant la porte derrière lui.

Une fraction de seconde, qui parut une éternité à Leandra, rien ne bougea. Et puis, elle se sentit rougir de la tête aux pieds.

Elle bondit sur ses pieds et courut ouvrir la porte de communication entre la chambre et le salon.

— Je *t'interdis* de quitter cette pièce ! hurla-t-elle en proie à une immense fureur.

Theo se tenait devant la porte d'entrée de la suite. Il s'arrêta, la main sur la poignée, et parla sans se retourner.

— Ne dis rien, Leandra. Pas un mot. Je serais capable de t'étrangler de mes propres mains, si te toucher ne risquait pas de me souiller.

132

Indignée, Leandra saisit une coupe de champagne vide sur la table basse et la jeta sur lui de toutes ses forces. Elle rebondit sur son dos et se brisa sur le sol. Theo contracta les épaules mais ne se retourna pas. Il ouvrit la porte.

— Regarde-moi, espèce de salaud ! hurla Leandra en s'emparant d'une autre coupe de cristal.

Cette fois, elle atteignit Theo à l'épaule.

Le visage contracté par la colère, il se retourna enfin.

— Comment oses-tu ? cria-t-elle. Comment oses-tu seulement *penser* cela ? Tu es ignoble. Tu crois tout savoir et tu ne sais rien. *Absolument rien !*

— Les preuves parlent d'elles-mêmes, *pethi mou*. Une femme, un lit, deux hommes. Et tous les trois… quasiment nus.

Sa voix était teintée de dégoût et de mépris.

— Dis-moi, poursuivit-il. Vos petites parties à trois ont-elles commencé avant ou après que tu te sois… donnée à moi ? Comme tu as dû t'ennuyer avec moi ! Si j'avais eu vent de tes penchants, je t'aurais fait livrer quelques éphèbes pour te distraire. Mais il n'aurait pas fallu compter sur moi. Tout ça me répugne !

Il se détourna d'elle.

— Retourne dans le lit de mon cousin, Leandra. Tu me rends malade.

Sa voix était sans appel.

Une rage folle s'empara de Leandra et les mots jaillirent de sa bouche sans qu'elle puisse les retenir.

— Je n'ai *jamais* été dans le lit de ton cousin. Je n'ai *jamais* été sa maîtresse ! Je ne couche ni avec Demos, ni avec Chris. Ils sont amoureux l'un de l'autre. C'est pour ça que Demos ne pouvait pas épouser Sofia. Il aime Chris… Il est gay…

A bout de souffle, elle se précipita dans la chambre et

courut se réfugier dans la salle de bains où elle s'enferma à double tour.

Le bar de l'hôtel était vide, à l'exception d'une petite table dans un coin sombre. Le barman s'éclipsa discrètement et laissa seuls ses deux uniques clients.

— Que vais-je faire ? dit Theo en s'accrochant à son verre de whisky. Qu'est-ce que je vais bien pouvoir faire ?

Il s'exprimait d'une voix pâteuse. L'alcool y était sans doute pour quelque chose, mais ce n'était pas la seule raison.

— Seigneur ! continua-t-il, comment ai-je pu me tromper à ce point ? J'ai tout fichu en l'air. *Tout !*

— C'est vrai, confirma Demos.

Theo leva les yeux vers son cousin.

— Comment ? insista-t-il. Comment ai-je pu me méprendre ?

— Parce que tu l'as condamnée sans lui laisser une seule chance.

Demos ne ressentait pas de pitié pour Theo. Il était trop en colère pour cela. Car il savait quelle profonde blessure ce dernier avait infligé à Leandra.

— Bon Dieu ! s'écria Theo. Tu as voulu me faire croire qu'elle était ta maîtresse ! Je l'ai vue pendue à ton bras ! Portant tes diamants !

Demos haussa les épaules, légèrement mal à l'aise.

— C'est une actrice. Elle ne faisait que jouer un rôle. Ce n'était pas la véritable Leandra.

— L'as-tu payée ? T'a-t-elle soutiré de l'argent ?

Un instant, Theo crut que son cousin allait le frapper.

— Non, finit par répondre Demos. Je ne l'ai pas payée. Elle l'a fait par gentillesse. Elle connaît Chris depuis des années.

Ils se sont rencontrés au cours d'art dramatique. Quand il lui a parlé de notre situation, elle a proposé de nous aider.

Il baissa la tête.

— Crois-moi, je voudrais bien ne jamais l'avoir entraînée dans cette histoire.

Demos serra les poings sur la table. Puis, il releva la tête et regarda Theo avec des yeux emplis de reproche.

— Quand Milo l'a fait enlever, reprit-il, tu m'as dit que je pouvais te faire confiance. Et je l'ai fait. Et toi, tu l'as blessée et humiliée. J'aurais dû m'en douter, Theo. J'aurai dû savoir de quoi tu serais capable.

Theo secoua la tête.

— Elle ne voudra plus jamais de moi, murmura-t-il.

Il s'empara de son verre et le vida d'un coup. Puis il le remplit de nouveau et reposa la bouteille avec fracas.

— Je l'ai perdue. Je l'aime et je l'ai perdue.

Il porta le verre à ses lèvres mais Demos le lui arracha.

— Ça suffit ! s'écria-t-il. Debout ! Tu ne mérites guère la sympathie pour l'instant, mais tu fais partie de ma famille et je vais te donner une seconde chance.

Ignorant les protestations de son cousin, il le fit se lever.

— Et ne va pas croire que je fais cela pour toi. Je le fais pour Leandra. Je veux qu'elle ait le plaisir de te voir ramper à ses pieds.

— Je n'y crois pas ! maugréa Theo, alors qu'il gravissait l'imposant escalier de la bibliothèque de Marchester avec son cousin. D'abord, tu me flanques sous une douche glacée, ensuite tu me fais boire des litres de café, et pour finir tu me traînes *ici* ?

— Atrides Corporation sponsorise cette manifestation,

135

expliqua Demos, sans prêter attention aux plaintes de son cousin. Il est de notre devoir d'être présents.

— Mais je n'ai jamais décidé de sponsoriser un festival !

— Moi si. Le festival de Marchester jouit d'une excellente réputation à l'échelle nationale. C'est un bon choix, tu verras.

— Je connais des centaines d'autres façons plus agréables de passer une soirée, railla-t-il.

— Vraiment ?

Dix minutes plus tard, ils étaient installés dans la petite salle ovale. Theo se carra sur une petite chaise dorée, extrêmement inconfortable pour un homme de sa carrure, et se prépara à assister à une représentation théâtrale. Autrement dit, son cousin avait trouvé un moyen redoutable de le punir…

— Une troupe d'amateurs ! Formidable ! dit-il d'un ton sarcastique.

— Tous ne le sont pas, rétorqua Demos.

La représentation commença.

Très vite, Theo dut reconnaître que le style néo-classique de la bibliothèque constituait un cadre idéal pour cette tragédie de Sophocle. Et le personnage d'Antigone, tragiquement déchirée entre sa loyauté envers sa famille et sa communauté, était autant d'actualité aujourd'hui que le jour lointain où il avait été joué pour la première fois, sous le soleil de Grèce.

Mais lorsque Antigone, voilée, fit son entrée en scène et commença à déclamer les paroles écrites par Sophocle voilà plus de deux mille ans, Theo se redressa brusquement sur sa chaise.

— Dis-moi que je rêve ! souffla-t-il.

— Non, répondit Demos. C'est bien Leandra !

— Oh, mon Dieu !

Une fois encore, cette femme trouvait le moyen de le subjuguer…

Bouleversée, Leandra dut faire appel à tout son professionnalisme pour aller au bout de la représentation. A la fin, elle se sentait épuisée. Et emplie d'un sentiment d'épouvante. Elle ignorait pourquoi Demos avait amené Theo. Etait-ce en tant que sponsor du festival ?

Allait-elle devoir l'affronter une fois encore ?

Tandis qu'elle se changeait dans sa loge, elle se sentit transpercée d'une pointe de culpabilité. En voulant se justifier aux yeux de Theo, elle avait trahi Demos et Chris. Malgré tous leurs efforts pour la rassurer à ce sujet, elle se demandait quels dommages elle avait causé. Ils étaient certes assis côte à côte ce soir, mais n'était-ce pas uniquement parce qu'ils étaient en public ?

Le cœur lourd, elle dit au revoir aux autres acteurs, promit de les rejoindre plus tard pour dîner, et gagna la salle ovale.

Theo l'y attendait, seul.

Dès qu'elle entra, il tourna la tête vers elle. Aussitôt, elle sentit sa gorge se serrer et ses jambes trembler. Seigneur, elle aurait donné tout l'or du monde pour ne pas réagir ainsi !

Il était splendide. Malgré son expression fermée, ses yeux noirs et sa bouche sensuelle lui coupèrent le souffle. Il portait un costume gris, une chemise blanche et une cravate noire. Une montre en or brillait à son poignet.

Soudain, elle fut submergée par une terrible envie de courir vers lui, de nouer ses bras autour de son cou et de ne plus jamais le laisser partir. Elle frissonna.

— Pourquoi ne m'as-tu rien dit, Leandra ?

— Dire quoi ? demanda-t-elle d'une voix faible.

Les yeux de Theo s'assombrirent.

— Que tu étais une actrice.

— Je n'avais pas le choix. Je devais protéger Demos.

— Tu m'as mis au supplice en me laissant croire que tu étais sa maîtresse…

Elle ne le laissa pas finir.

— Moi… *moi* je t'ai mis au supplice ? Mon Dieu, Theo, tu es incroyable ! Après toutes les choses que tu m'as dites, toutes les accusations que tu m'as lancées…

Prenant une profonde inspiration, elle releva le menton.

— Pour ton information, Theo Atrides, je suis peut-être une actrice sans le sou, mais je n'ai pas voulu un enfant de toi pour te voler ta fortune. J'ai été stupide, oui, insouciante, certainement, mais crois-moi, l'argent est bien la dernière chose à laquelle je pensais. Et pour ton information…

Elle le vit blêmir.

— … je ne voudrais pas faire un enfant avec toi, même si tu te mettais à genoux devant moi et me demandais de t'épouser ! Je ne peux pas songer à pire destinée.

Elle prit une profonde inspiration. Il essaya de dire quelque chose, mais elle l'interrompit.

— Je vais maintenant t'expliquer la seule et unique raison de ma présence devant toi. Je suis venue te dire de laisser Chris et Demos tranquilles. Ce sont des amis très chers et ils ont bien assez de pression comme ça. Alors, *n'essaye* même pas de soudoyer Chris pour qu'il quitte Demos.

Il fronça les sourcils.

— Jamais je ne ferai cela !

— Pourquoi pas ? C'était pourtant un bon moyen pour te débarrasser de moi. Pourquoi ne recommencerais-tu pas ? Est-ce parce que Chris est un homme ? Et que tu n'as pas envie de coucher avec lui ?

138

— Ça suffit !

D'un bond, Theo se leva et s'avança vers Leandra. Mais il s'arrêta quand il la vit reculer d'un pas.

— Je refuse de parler de Demos ou de son amant. Je veux uniquement parler de nous deux.

Leandra se mit à trembler.

— Il n'y a pas de « nous deux ». Il n'y en a jamais eu.

— Si, depuis le début, répondit-il calmement.

L'expression de son visage avait changé, nota Leandra.

— Dès que je t'ai vue serrée avec Demos, dans ta petite robe noire. Si je n'avais pas cru que tu vivais avec mon cousin, je t'aurais entraînée dans une chambre de l'hôtel le soir même. Je n'aurais pas pu attendre un seul jour, ni même une heure…

Le volume de sa voix avait baissé, et son timbre rauque électrisait tout le corps de Leandra.

Il fit un pas vers elle.

— Je te désirais déjà, poursuivit-il, et j'étais jaloux de Demos. Bien sûr, je me disais qu'il devait être libre pour épouser Sofia, mais même à ce moment, je savais que c'était parce que je te voulais pour moi seul.

Ses yeux étaient sombres et ardents. Le cœur de Leandra se mit à battre plus vite et le feu, à courir dans ses veines. S'il bougeait maintenant, se dit-elle, s'il s'avançait encore et la prenait dans ses bras, elle allait flancher. Ce qu'il lui avait dit, ce qu'il lui avait fait n'avait soudain plus d'importance… Elle était incapable de lui résister.

Elle sentait son corps irrésistible à quelques centimètres à peine du sien.

— J'ai cru que ce serait simple. Mais tu m'as repoussé. Tu m'as mis en colère, tu m'as exaspéré. Jusqu'à ce que je comprenne…

Sa voix changea, prenant une intonation triste et douce à la fois.

— ... pourquoi je ne voulais pas que tu luttes contre moi.

Il plongea son regard dans le sien et, pour la première fois, Leandra eut l'étrange sentiment de voir clairement en lui.

— Je voulais que tu m'aimes. Comme moi...

Il hésita avant de poursuivre.

— ... je commençais à t'aimer. J'ai connu bien des femmes mais pour aucune je n'ai ressenti cette passion que j'ai ressentie lorsque je t'ai enfin possédée. Quelque chose en toi m'a touché, dès le début. Quelque chose qui ne pourra jamais exister qu'entre toi et moi. Très vite, j'ai su que tu resterais auprès de moi tout au long de ma vie.

Il inspira profondément.

— Et puis, à l'instant où je me réjouissais de t'avoir trouvée, j'ai tout perdu. Lorsque j'ai compris que tu ne prenais pas la pilule, je n'ai pensé qu'à une chose : tout ce que nous avions vécu ensemble n'était qu'un mensonge. Notre histoire ne signifiait rien pour toi. Tu ne désirais que ma fortune. Et pour me protéger, je me suis débarrassé de toi.

Leandra n'avait pas bougé.

— En effet, murmura-t-elle d'une façon presque inaudible, tu t'es débarrassé de moi.

Perdu dans ses propres pensées, il ne sembla pas l'entendre. Il avait l'air si bouleversé qu'elle en eut le souffle coupé.

— Lorsque tu es repartie pour Londres, j'ai juré de ne plus jamais penser à toi. De t'oublier, de te rayer de ma vie, de mon cœur, de ma mémoire, comme si tu n'avais jamais existé. Et il m'a fallu beaucoup de temps pour comprendre pourquoi j'avais si désespérément besoin d'agir ainsi.

Leandra lut le chagrin et la peine dans ses yeux.

— J'étais tombé amoureux de toi et je croyais que tu

m'avais trahi. Que tu t'étais moqué de moi. Je ne pouvais pas te pardonner.

Il laissa échapper un long soupir.

— J'ai essayé de t'oublier, reprit-il d'une voix grave. Mais c'était impossible. Tu m'as hanté, Leandra. Tu m'as hanté nuit et jour. Tu ne m'as pas laissé une minute de répit. Et progressivement, jour après jour, nuit après nuit, j'ai compris que je voulais que tu me reviennes. Je voulais te détester et te mépriser pour celle que tu étais… celle que je croyais que tu étais… mais je ne pouvais pas. Je ne pouvais que te désirer. Je ne trouvais pas le repos sans toi.

Il s'arrêta quelques secondes avant de reprendre.

— Lorsque mon cousin m'a dit que vous n'étiez plus ensemble, j'ai été aux anges : ainsi, j'étais libre de te reconquérir. Mais hier, l'assistante de Demos m'a informé que vous deviez vous voir. J'ai pris le premier vol pour l'Angleterre et je me suis précipité à l'hôtel, déterminé à te ramener avec moi. Et je t'ai perdue une fois encore.

Il serra les poings.

— Lorsque je t'ai trouvée dans la chambre de Demos, je n'avais aucune crainte. Je me disais qu'une fois dans mes bras, il ne signifierait plus rien pour toi. Et je t'aurais tout pardonné. J'aurais fait de toi ma femme et tu aurais été à moi pour toujours. Et puis… cet homme est entré… Alors je t'ai rejetée. Cette fois pour toujours.

Un silence lourd, terrible, s'installa pendant quelques instants. Quand il reprit la parole, sa voix tremblait.

— Je t'ai mal jugée, Leandra. J'ai présumé le pire à ton sujet. Du début à la fin. J'ai été un imbécile et pire encore. Je paye aujourd'hui le prix de ce que je t'ai fait. Je m'étais en effet imaginé que tu voudrais encore de moi après tout ça… Comme le souhaitait Demos, tu as eu le plaisir de me voir ramper à tes pieds. Je me prépare à présent à affronter l'immense douleur d'aimer une femme qui ne peut me regarder qu'avec mépris.

Il poussa un long soupir. Puis, d'une voix rauque, la tête baissée, il acheva :

— Adieu, Leandra. Prends soin de toi. Si jamais tu as besoin de quoi que ce soit, n'hésite pas. Je te serai éternellement redevable.

Il quitta la pièce sans se retourner.

11.

Le soleil se couchait à l'horizon lorsque l'hélicoptère survola en vrombissant les eaux sombres. Theo avait le visage fermé. Pourquoi faire ce voyage ? Demos n'avait aucunement besoin qu'il lui fasse la visite guidée de l'île qu'il lui cédait. Se rendre ici une dernière fois était une torture.

Mais Demos avait insisté. Alors, Theo était monté à bord de l'appareil, ordonnant sèchement à son cousin de piloter lui-même. Ils n'avaient pas échangé un mot durant le vol. Theo avait ouvert son attaché-case et s'était absorbé dans un dossier.

Le travail constituait sa seule planche de salut, sans néanmoins l'apaiser totalement. La douleur atroce qui le déchirait ne trouvait aucun repos et le rongeait, heure après heure. Et elle empirerait, il le savait. A l'approche des fêtes de fin d'année, la perspective de rejoindre seul sa famille lui paraissait intolérable. Il ne pouvait s'empêcher d'imaginer la joie que son grand-père aurait ressentie s'il lui avait présenté sa fiancée…

L'après-midi tirait à sa fin lorsqu'ils atterrirent enfin. Au moins, ils ne pourraient pas s'attarder, songea Theo, impatient d'en finir au plus vite.

Demos souhaita tout d'abord faire un tour de l'île. Morose, Theo acquiesça. Il déploya tous ses efforts pour ne pas regarder autour de lui. Mais les souvenirs refluaient sans qu'il put les refouler.

Son cousin semblait ignorer ses douloureuses préoccupations. Il l'interrogeait sur des banalités comme l'alimentation en eau potable et la liaison téléphonique. Theo répondait par des phrases brèves.

L'hiver avait commencé. Et pour lui, le printemps ne reviendrait jamais.

Des centaines de souvenirs se bousculaient dans son esprit. Il se revit, arpentant son île aux côtés de Leandra, le bras autour de ses épaules, puis se tournant vers elle et l'embrassant. Ou encore revenant en hâte avec elle vers la maison, vers la chambre. Et lui faisant l'amour.

La douleur le frappa. Plus fort que jamais. La perte, irrémédiable et intolérable, ressemblait à un exil loin du paradis.

Trop tard. Les pires mots qui soient.

Brutalement, il prit conscience que le bruit de ses pas résonnaient seuls sur les dalles du jardin. Il jeta un coup d'œil derrière lui. Demos n'était plus là. Fronçant les sourcils, irrité par ce contretemps supplémentaire, il retourna sur ses pas. C'est alors qu'il entendit le moteur de l'hélicoptère démarrer et vrombir le rotor. L'instant d'après, il vit l'appareil s'élever derrière la villa, rester stationnaire quelques instants, puis virer de cap et s'éloigner vers la mer.

L'incrédulité le submergea. A quoi Demos jouait-il donc ? Il l'abandonnait sur cette île déserte ! Ignorait-il qu'à cette époque de l'année le bateau à moteur n'était pas ancré dans la baie et qu'Agathias et Yiorgos étaient retournés sur le continent ? Le visage sinistre, figé de colère, Theo rebroussa chemin vers la villa.

Si c'était une blague stupide de la part de Demos, il allait s'en mordre les doigts !

Le vacarme de l'hélicoptère s'évanouit au loin et le silence de la nuit l'enveloppa de nouveau. Et puis, dans ce silence, un autre bruit… un léger cliquetis lui parvint. Il se figea. Les portes-fenêtres du salon étaient ouvertes.

Une femme en sortit et gagna la terrasse, baignée par la dernière lueur du soleil d'hiver.

C'était une vision, un rêve. Un mirage de son bonheur perdu. Elle portait une robe de velours noir dont la jupe en corolle tombait jusqu'au sol. Le corsage noir laissait nues ses épaules à la blancheur laiteuse. Une rose blanche ornait son décolleté. Ses cheveux blonds étaient rassemblés en un chignon bas sur sa nuque.

C'était la plus belle femme qu'il ait jamais vue. La plus précieuse à ses yeux aussi.

Elle se tourna vers lui et il sentit son cœur vaciller.

— Tu as été kidnappé, je crois, lança Leandra.

Theo resta parfaitement immobile.

— Tu es donc mon prisonnier.

Ces paroles résonnaient comme une promesse… Il fit un pas vers elle.

— A une condition, murmura-t-il.

Leandra secoua la tête, la lumière dorée faisant resplendir la beauté de son visage.

— Aucune condition, répliqua-t-elle d'un ton taquin et ému à la fois.

Ses yeux brillaient comme des étoiles.

— Si, une, répéta-t-il. Je veux un emprisonnement à vie.

Bouleversé, il vit les larmes emplir ses yeux. Alors, il franchit la distance qui les séparait. Car plus aucune distance n'existerait désormais entre eux…

Theo prit son visage entre ses mains.

— Je t'aime, murmura-t-il. Je t'aime et je ne te mérite pas.

Mais si tu me donnes une seconde chance, je saurai me montrer digne de toi, tout le temps que durera ma vie.

Elle leva les yeux vers lui. Les larmes perlaient à ses paupières.

— Peux-tu me pardonner, Leandra ? Voudras-tu me pardonner ? Me laisseras-tu être ton prisonnier toute ma vie ?

Elle secoua la tête.

— Non, souffla-t-elle. Je te laisserai seulement être mon amant.

Il sourit. Un sourire qui illumina son visage, puis ses yeux et enfin son cœur.

— Oh, oui, je suis ton amant ! Je le suis pour toujours, Leandra. Ma Leandra. Mon amante et mon amour. Mon épouse et ma femme. La mère de mes enfants. Le joyau de mon cœur. Ma vie. Mon cœur. La prunelle de mes yeux.

Leandra vit le regard de Theo se voiler de larmes à son tour. Et elle l'attira contre elle.

Plus tard, une éternité ou une fraction de seconde plus tard, après être rentrés dans la villa où un bon feu crépitait dans la cheminée et où une bouteille de champagne les attendait, après avoir porté un toast à Demos qui les avait réunis, Theo conduisit Leandra dans la chambre.

— Comment pourras-tu me pardonner ? demanda-t-il avec humilité. Après tout ce que j'ai fait et dit…

Leandra scruta les yeux emplis de tristesse de Theo.

— Parce que je t'aime, dit-elle.

Et ces simples mots étaient tout ce qu'il avait besoin d'entendre, tout ce qu'elle avait besoin de dire pour l'apaiser enfin.

— Il m'a fallu tellement de temps pour comprendre, reprit-il. Peux-tu vraiment me pardonner de m'être laissé aveugler par mes préjugés ?

Leandra eut un petit sourire. Elle aussi se sentait coupable.

— Je t'ai caché la vérité, Theo, et en ce sens, je t'ai aussi trompé. J'essayai de protéger Demos, je ne pouvais pas trahir sa confiance.

Elle fronça les sourcils et ajouta :

— Que va dire Milo ?

— Il va être très fier de lui, répondit Theo. Il avait deviné dès le début que j'étais amoureux de toi. Et puisque tu ne ressembles en aucun cas à…

Il se tut brusquement.

— Theo… ?

Il la serra un peu plus fort contre lui.

Et puis, lentement, comme s'il parvenait enfin à évacuer le poison qui coulait depuis si longtemps dans ses veines, il commença à parler.

— J'avais vingt et un ans. J'étais à Paris. Elle s'appelait Suzanne. Elle était danseuse dans une boîte de nuit et j'étais amoureux fou d'elle. Et puis, elle m'a dit qu'elle était enceinte. J'ai aussitôt appelé mes parents pour les prévenir que je rentrais leur présenter ma fiancée. C'était le plus beau jour de ma vie.

Il marqua une pause.

— Mon père, en accord avec Milo, est arrivé dès le lendemain. Il a proposé trois millions de dollars à Suzanne pour qu'elle avorte. Elle a tout de suite accepté. Et puis elle s'est envolée pour l'Amérique du Sud avec l'argent. Je n'ai plus jamais entendu parler d'elle.

Après une brève inspiration, il poursuivit.

— Selon mon père, Suzanne aurait avoué que l'enfant n'était

147

pas de moi. Elle avait plusieurs amants… Mon père a qualifié l'avortement de…

Sa voix se contracta.

— … « légère complication ». Ainsi, le nom des Atrides a été préservé du scandale.

Il s'arrêta encore.

— Ce jour-là, je me suis juré que plus jamais je ne me laisserais manipuler. Et c'est pourquoi…

Leandra posa la main sur sa bouche.

— Tout va bien, Theo. Je comprends à présent.

Il tourna la tête pour la regarder. Plein de gratitude, il l'embrassa. Et puis, son baiser s'intensifia, et son corps se tendit sous l'effet du désir.

— *Pethi mou*, souffla-t-il contre les lèvres de Leandra, je suis fou de toi, complètement fou.

— Je crois que c'est réciproque, Theo.

Du bout des dents, il lui mordilla le lobe de l'oreille.

— Theo ?

Il voulut la faire taire d'un baiser, mais elle s'écarta de lui.

— Qu'y a-t-il ?

Elle se mordit la lèvre.

— Theo, commença-t-elle avec une certaine timidité: Je n'ai pas été la maîtresse de Demos, mais… j'ai eu d'autres amants.

Elle baissa les yeux.

— Deux, avoua-t-elle précipitamment. Le premier à l'université et le second lors d'une tournée.

Il lui sourit.

— A partir d'aujourd'hui, annonça-t-il, il n'y aura plus que moi.

— Je crois que cela me convient, répliqua-t-elle d'un ton taquin.

Mais alors que les mains de Theo s'apprêtaient à s'emparer de ses seins, elle l'interrompit encore.

— Theo ? Est-ce que cette règle s'applique aussi à toi ?

Indigné, il la regarda fixement.

— Naturellement ! Pourquoi voudrais-je une autre femme que toi ? Ma belle Aphrodite…

Il baissa sa bouche vers sa poitrine, mais Leandra l'arrêta encore en posant un doigt sur sa bouche.

— Theo ?

Quelle torture ! pensa-t-il. Il saisit ses doigts dans les siens et les embrassa doucement avant de lui répondre.

— Oui, mon cœur ?

— Et Diana Delado ?

Il la regarda sans comprendre.

— Qui ça ?

— Diana Delado, répéta Leandra. Tu étais dans tous les journaux avec elle.

Theo grimaça en percevant la note d'accusation dans sa voix. Peut-être que faire l'amour l'apaiserait ? Il posa une main sur sa poitrine. Mais elle l'écarta.

— Est-ce qu'elle ne va pas te manquer ? insista-t-elle.

Theo se souleva sur un coude et poussa un profond soupir.

— Diana Delado, expliqua-t-il patiemment, va épouser un sénateur. Je n'ai fait que l'aider à détourner l'attention de la presse. Nous n'avons pas couché ensemble. Je n'ai pas touché d'autre femme depuis toi, Leandra, et je ne le ferai plus. Je n'aime qu'une femme et je n'en désire qu'une. Et grâce à Dieu, elle se trouve en ce moment dans mes bras. Et maintenant, mon amour, veux-tu savoir quelque chose d'autre ?

— Oui, acquiesça-t-elle.

Theo crut qu'il allait devenir fou tant le désir qu'il avait d'elle était fort. Mais il lui devait toutes les réponses qu'elle souhaitait…

— Que veux-tu savoir ?

— Eh bien, j'aimerais savoir…

Elle écarquilla les yeux, passa le bout de la langue sur ses lèvres, posa sa cuisse sur celle de Theo, tandis que sa main s'égarait sur ses abdominaux contractés, puis plus bas encore.

— … quand vas-tu enfin me faire l'amour ? Tu me fais languir, Theo.

Elle cligna des yeux d'un air mutin.

— Et je n'aime pas attendre, dit-elle d'une voix voilée. Pas une seule seconde, Theo chéri.

Elle n'eut pas à attendre longtemps. Il se coucha sur elle comme un homme affamé.

Elle lui donna le monde entier. Et le paradis avec.

Le nouveau visage de la collection Or

◆

AMOURS D'AUJOURD'HUI

Afin de mieux exprimer sa modernité et de vous séduire encore davantage, votre collection Or a changé de couverture et de nom depuis le 1er mars 1995.

Rassurez-vous, les romans, eux, ne changent pas, et vous pourrez retrouver dans la collection **Amours d'Aujourd'hui** tous vos auteurs préférés.

Comme chaque mois, en effet, vous y attendent des héros d'aujourd'hui, aux prises avec des passions fortes et des situations difficiles...

COLLECTION AMOURS D'AUJOURD'HUI :
Quand l'amour guérit des blessures de la vie...

Chère lectrice,

Vous nous êtes fidèle depuis longtemps?
Vous venez de faire notre connaissance?

C'est pour votre plaisir que nous avons
imaginé un rendez-vous chaque mois
avec vos auteurs préférés, vos
AUTEURS VEDETTE dans les
collections Azur et Horizon.

Les AUTEURS VEDETTE vous
donneront rendez-vous pour de
nouveaux livres vedette.

Pour les reconnaître, cherchez
l'étoile... Elle vous guidera!

Éditions Harlequin

AUT-R-R

HARLEQUIN

LE FORUM DES LECTEURS ET LECTRICES

CHERS(ES) LECTEURS ET LECTRICES,

VOUS NOUS ETES FIDÈLES DEPUIS LONGTEMPS?

VOUS VENEZ DE FAIRE NOTRE CONNAISSANCE?

SI VOUS AVEZ DES COMMENTAIRES, DES CRITIQUES À
FORMULER, DES SUGGESTIONS À OFFRIR, N'HÉSITEZ
PAS… ÉCRIVEZ-NOUS À:
      LES ENTERPRISES HARLEQUIN LTÉE.
      498 RUE ODILE
      FABREVILLE, LAVAL, QUÉBEC.
      H7R 5X1

C'EST AVEC VOS PRÉCIEUX COMMENTAIRES QUE NOUS
ALLONS POUVOIR MIEUX VOUS SERVIR.

DE PLUS, SI VOUS DÉSIREZ RECEVOIR UNE OU
PLUSIEURS DE VOS SÉRIES HARLEQUIN PRÉFÉRÉE(S)
À VOTRE DOMICILE, NE TARDEZ PAS À CONTACTER LE
SERVICE D'ABONNEMENT; EN APPELANT AU
(514) 875-4444 (RÉGION DE MONTRÉAL) OU 1-800-667-4444
(EXTÉRIEUR DE MONTRÉAL) OU TÉLÉCOPIEUR
(514) 523-4444 OU COURRIER ELECTRONIQUE:
AQCOURRIER@ABONNEMENT.QC.CA OU EN ÉCRIVANT À:
      ABONNEMENT QUÉBEC
      525 RUE LOUIS-PASTEUR
      BOUCHERVILLE, QUÉBEC
      J4B 8E7

MERCI, À L'AVANCE, DE VOTRE COOPÉRATION.

BONNE LECTURE.

HARLEQUIN.

VOTRE PASSEPORT POUR LE MONDE DE L'AMOUR.

ROUGE PASSION

**De fiévreuses histoires
d'amour sensuelles!**

De provocantes histoires
d'amour passionnées et
romantiques qu'on lit d'une
seule traite. Aventureuses,
parfois humoristiques, et
sensuelles, elles mettent en
vedette des hommes et des
femmes d'aujourd'hui.

**ROUGE PASSION...
trois nouveaux titres
chaque mois.**

COLLECTION HORIZON

Des histoires d'amour romantiques qui vous mènent au bout du monde!

Découvrez la passion et les vives émotions qu'apportent à la Collection Horizon des auteurs de renommée internationale!

Captivantes, voire irrésistibles, ces histoires d'amour vous iront assurément droit au coeur.

Surveillez nos trois nouveaux titres chaque mois!

GEN-H-R

HARLEQUIN

COLLECTION
ROUGE PASSION

- • Des héroïnes émancipées.
- • Des héros qui savent aimer.
- • Des situations modernes et réalistes.
- • Des histoires d'amour sensuelles et
  provocantes.

LAISSEZ-VOUS TENTER
par 3 titres irrésistibles
chaque mois.

69 L'ASTROLOGIE EN DIRECT
TOUT AU LONG
DE L'ANNÉE.

(France métropolitaine uniquement)

Par téléphone 08.92.68.41.01

0,34 € la minute (Serveur JET MULTIMÉDIA).

Composé et édité par les
éditions Harlequin
Achevé d'imprimer en juillet 2006

BUSSIÈRE

GROUPE CPI

à Saint-Amand-Montrond (Cher)
Dépôt légal : août 2006
N° d'imprimeur : 61297 — N° d'éditeur : 12245

Imprimé en France